借貓的眼睛看一看

猫の目を借りたい

槙碧
Aoi Maki

林于楟——譯

目錄

第一話

老律師

1

半年前，島村千鶴丟了工作。

人群宛如退潮般從她身邊消失，熟人從此音訊全無。她原本就不是交友廣闊的人，發展成這種狀況後，令她對自己的存在有多輕薄感到無言以對。LINE和郵件只會收到廣告信，現在連鈴響也不想確認內容了。

公寓房裡總是悄然無聲，有時驀然發現一整天就在不發一語中過去。她對此沒有感到任何不使，現在甚至感覺相當舒服。三餐靠外送，想買東西網購即可搞定。只要存款還夠，可以就這樣關在家裡活下去。只要獨自寧靜生活，就不會遇到討厭的事情，至少不會遭人痛罵。對現在的千鶴來說，這就已足夠了。

但話說回來，千鶴沒辦法永遠過這種生活。她沒有能讓自己一輩子生活無虞的存款，她十分清楚遲早得去找工作才行。

雖然如此，她沒有力氣。只要興起行動的念頭，就會回想起網路對她的中傷與譏笑，眼前頓時一片黑。這並非比喻，實際上她的視線真的一片黑暗，不管怎樣都無法工作，所以現在她才會選擇靜靜地生活。

將來我會努力的。她用著這樣的藉口，不知不覺迎來了人生的三十大關，冬天也來臨。她逐漸習慣起無業生活，此時的作息日夜顛倒。大概因為閒來無事便會產生陰鬱想法，她開始受到失眠所苦。常常翻來覆去不成眠到天明，直到日正當午才起床。起床瞬間，想著一天又開始了啊。

但這樣的日常生活遭人打破。

來電鈴聲響起，是不認識的號碼。想著反正是推銷電話而置之不理，但鈴聲沒有停止的跡象。仔細一看，是似曾相識的外縣市區碼，一接起電話，電話那頭傳來嘈雜聲。

女性用清楚的聲音告知醫院名稱後——

「請問是島村千鶴小姐嗎？您是島村桔平先生的親屬沒錯吧？」

女性先確認千鶴的身分。

「是的，我是他的外甥女——」

「不好意思突然致電，其實是島村桔平先生外出時病倒，被救護車送到我們醫院來了。」

「什麼？病倒是怎麼一回事？」

「他現在正在加護病房接受治療，請問您方便來醫院一趟嗎？」

女性在電話中繼續說明，院方在桔平送醫後，從他口中問出千鶴的聯絡方法並致電給她。得知舅舅意識清楚，千鶴稍微鬆了一口氣。

「我馬上去。」

桔平被送到藤澤市內的醫院，之所以對外縣市區碼感到熟悉，是因為那和母親老家的區碼相同，千鶴也曾在那邊住過一段時間。舅舅桔平現年六十三歲，仍單身未婚，獨自一人守著老家。

千鶴戴上口罩，脫下家居服換上外出服，抓起包包穿上大衣後衝出家門。跑往步行約十分鐘的車站，搭上正好進站的電車。平日上午的小田急線人潮不多，千鶴在最邊邊的空位坐下，「呼」地吐了一口氣。

好久沒這樣在白天出門了，此時此刻她才驚覺這件事，突然驚慌不安起來。千鶴故作鎮定地低頭，把口罩拉高遮住臉。同節車廂裡有雙人組的年長婦女，以及一個拄拐杖的老爺爺，還有一個戴眼鏡大學生感的青年。明明沒有人在意千鶴，還是讓她冒出不快的冷汗，明明是冬天耶。

坐了三十分鐘的車，在藤澤站下車。即使有陽光，冬風仍冷冽得幾乎要割傷身體。千鶴在站前廣場搭上計程車，雖然腦中瞬間閃過錢的問題，但關係到舅舅的安危，她決定不再多想。

幸好只跳一次表就抵達藤澤綜合醫院，她鼓起勇氣對櫃檯說明來意後，搭上電梯上四樓。

桔平躺在加護病房的病床上。

「唷。」

他看見千鶴，露出尷尬表情。

「舅舅——」

看見舅舅瞬間差點哭出來，桔平左手吊著點滴對她微笑。

雖然令人痛心，但總之桔平平安無事。

千鶴喊住正要走出加護病房的護理師詢問狀況，聽說是舅舅在外出時突然非常想吐便蹲在路邊，路過的行人替他叫了救護車，還一直陪他到救護車抵達。碰到親切的人太好了，如果他是在家中昏倒，不知道會變成怎樣。對這不幸中的大幸，只能感謝所有幫忙的人了。

據護理師表示，桔平的狀況安定，傍晚就能轉往普通病房。但探病時間最多只有十分鐘，為了不造成患者負擔，所以要千鶴長話短說。

「妳忙還讓妳跑一趟，真抱歉。」

走到桔平身邊，一頭半白短髮的他低下頭。

「別在意那種事，可以馬上趕來舅舅身邊真是太好了，到底發生了什麼事？」

「我散步途中突然覺得很不舒服，然後就沒了知覺，多虧有很親切的人幫忙所以能立刻送醫治療，現在已經沒事了。」

「那就暫時放心了。」

雖然千鶴彷彿安慰著自己這樣說，但桔平的臉色不太好，而且整體看起來瘦弱，臉頰也凹陷了下去。

沒錯，久違不見，千鶴內心對桔平的蒼老感到震驚。桔平以前有著美術老師的瀟灑，給人年輕有活力的印象，但再怎麼說已年過六十，或許是因為身體不太好，現在的外表跟實際年齡相符，甚至看起來還更老一點。就算本人說沒事，但千鶴無法樂觀以對。

「你要住院對吧。」

「是啊，好像得住院。」

「那我去替你收拾些換洗衣物過來。」

「謝謝妳，可以請妳幫忙嗎？」

「嗯，我能在這裡照顧你喔。」

「我一個人沒問題啦，妳還有工作吧。」

千鶴頓時語塞無法回應。

「別在意那種事，我很擔心你，讓我幫忙吧。更何況你吊著點滴，這樣生活也不太方便不是嗎？我是你的家人，你不用對我客氣啦。」

千鶴對陪病得心應手，以前母親住院時，千鶴每天都會勤勞地到醫院幫母親換衣服、洗衣服。母親曾說，拖著虛弱病體做這些瑣碎事情很累人，千鶴能去醫院真是幫了她大忙。千鶴希望桔平也能依賴她。

「真不好意思。」

「沒這回事，家人就是要在這種時候幫忙啊。」

「妳能這樣說真的很令人感激啊。」

桔平喜悅地笑開臉，眼角擠出慈祥的皺紋，真不愧是姊弟，舅舅的這個表情與母親的面容重疊在一起。

「不好意思，比起照顧我，我可以拜託妳幫忙照顧貓嗎？雖然有點辛苦，但在我住院期間，能拜託妳到家裡餵飼料、清貓砂嗎？我從剛才就一直煩惱著不知該如何是好啊。」

「是嗎那可嗎？」

桔平養了一隻白貓，是一隻有雙漂亮綠眼睛的母貓。

「不是，摩那可去年死掉了。」

「這樣啊，對不起，我什麼都不知道。」

在舅舅身體不適時問了這種沒神經的問題，千鶴相當抱歉。她開始後悔自己完全沒跟舅舅聯絡，千鶴前些時候相當忙碌，已經有兩年多沒去看桔平了。如果知道摩那可過世了，就算勉強自己也該來見見桔平的。

「突然生病，一下子就走了。我這次想麻煩妳照顧的是摩那可的小孩，叫做小雪。」

「是女生啊，幾歲？」

「兩歲。」

「還好年輕呢。」

「換算成人類大約是國中生吧。」

「那正值叛逆期呢。」

「什麼叛逆期──又不是暴走貓。」

「那是什麼？」

見千鶴傻了一下，桔平苦笑：

「對不起，這哏太老了。」

聽說昭和時代，有一群打扮成暴走族的貓相當受到歡迎。這樣啊——雖然千鶴不曾親眼見過暴走族打扮的貓，但心想那會可愛嗎？

「我有辦法做好嗎？」

「那孩子很乖，沒問題的。只要幫忙餵飼料和水，然後清貓砂就好了。」

「飼料一天餵幾次？」

「一天兩次，早晚各餵一次。裝飼料的瓶子放在流理臺下面，把飼料倒進碗裡就好。小雪專用的碗放在水槽旁邊，一次大約五十克左右。我都是用看的，但在妳習慣之前可用磅秤量，要是牠吃得太胖也容易生病啊。」

還真囉嗦耶——但那是個生命，這也是理所當然的事。千鶴趁著還沒忘記拿出手機記了下來。

「還有，可以偶爾餵牠吃無脂優格嗎？牠很喜歡那個。」

「牠還吃那種東西啊？」

「嗯，冰箱裡有，妳也可以吃喔。」

聽到桔平這樣說，就知道他非常重視小雪。

「對不起，拜託妳做這些為難的事情，妳的工作能在家裡做嗎？來來去去的應該很辛苦，如果妳不介意，要不要暫時住我家？如果有困難的話，我就請保母來照顧貓。」

「你有認識的人嗎？」

「再找就好。」

雖然語氣平淡，但桔平肯定很傷腦筋。只要利用網路，即使住院也能找到人吧，但要把寵物交給沒見過的陌生人絕對很不安。

「沒問題，交給我吧，我來照顧貓。還有其他的事嗎？如果還有其他掛心的事情儘管說，我都能幫忙。」

「這個嘛——如果我不在時有人來找我……不，沒事。」

「誰？預定有人會來嗎？」

「也不是這樣，嗯，我想應該不會來，妳先忘了這件事。」

「好喔，我知道了。」

是什麼事呢？桔平不乾不脆實在讓人在意，但感覺也沒時間細問了。

探病時間已剩不多，側眼感覺護理師正看向這裡，似乎很擔心桔平的身體，話就先說到這邊吧，還是先離開比較好。

「那麼，恭敬不如從命，我現在去看看小雪的狀況，舅舅住院這段時間就讓我住在家裡吧。」

從我住的公寓到桔平家單趟就要一個小時，通勤實在有點累人。

「當然好。」

桔平露出鬆了一口氣的表情。

「東西全部隨妳用，我也會付妳保母費。」

「不用給我錢啦，比起這個，應該也有住院費要付，如果你把存摺的位置告訴我，我下次會帶過來。」

「謝謝妳，那下次請妳幫我拿來。皮夾在我手邊，暫時不需要擔心錢。我會付妳保母費的，就算是家人，這種事情也要算清楚。」

「這件事下次再討論，總之你現在先好好休息。」

見到桔平點頭後，千鶴接下家裡的鑰匙走出病房。

此時此刻，她才開始憂心自己是不是答應得太草率了，只是幫忙看家也就算了，要照顧一隻生物，責任完全不同。但看見桔平傷腦筋的表情，想不答應也沒辦法。他能拜託的人只有自己，而且還是最喜歡的舅舅的請託。好，在桔平康復之前，絕對要想辦法做好。

離開醫院搭上公車，千鶴朝桔平家前進。因為小時候曾住過一段時間，她對那個家很熟悉。母親和父親剛離婚那時，兩人曾在此住了三個月左右。

從醫院出發後在第五個公車站下車，走了約五分鐘就在小路盡頭看見了懷念的家。

坐落庭院中央的兩層樓古式日本房屋，房子周圍被生苔的石牆環繞，有扇黑色鐵製大門。外婆喪禮那時是千鶴最後一次來這個家。

外婆過世後，桔平就在這個家裡獨居。在舅舅病倒之後才感到後悔，對與父親疏遠的千鶴來說，桔平是很重要的舅舅，可說是她唯一信任的家人。若是更頻繁來探望舅舅，或許能在變成這樣子前發現他身體不好。

千鶴鬱悶地想著這些事，就在她站在門前，從包包拿出舅舅給她的鑰匙時，突然有人開口喊她。

「妳該不會是島村千鶴妹妹吧？」

沙啞聲嚇得她轉過頭去，一位長相兇惡的大叔就站在身邊。

「是、是的。」

在大叔的銳利視線注視下，千鶴不禁縮起身子來。

達摩——？

粗眉大眼超有魄力，這個人好高大，隨便量都超過一百八十公分吧。參雜白髮的平頭，身穿黑色尼龍夾克搭配米色的寬大卡其褲。他的外表原本已經夠震懾人了，還牽著一頭大型犬又顯得更加恐怖。

「果然沒錯，我第一眼看見就覺得肯定沒錯，妳好、妳好。」

有別於大叔兇惡的長相，他用莫名親密的口氣對千鶴說話。

他知道千鶴的名字，是誰啊？一想到他該不會看過在網路上流傳的照片吧，千鶴心臟猛然一跳，全身僵硬。

千鶴就是害怕這件事才不敢外出。

「島村先生剛剛打電話給我，說他要住院，暫時會請外甥女來看家，拜託我多照顧。雖然嚇了一跳，但他電話中的聲音還算有精神，我也放心了。嗯，妳跟他的氣質很像。啊啊，我是隔壁鄰居，名叫高井戶重雄。雖然長這樣，但我不是可疑的人喔。」

自稱高井戶的男性一口氣說完一大串話之後，張大嘴巴「哈哈哈」大笑，一旁的狗狗也配合他的笑聲汪汪叫。

什麼嘛——

千鶴放心下來鬆了一口氣，網路的事只是她的杞人憂天。

「噓，栗子，安靜點。」

重雄一斥責，狗狗立刻安靜，牠很有教養。牠巨大的身體讓千鶴瞬間嚇了一跳，但再仔細一看，牠有一身焦糖色的鬆軟狗毛，非常可愛，栗子這可愛的名字意外地非常適合牠。

「不好意思耶，我們正好要出門去散步，牠似乎等不及了。別看牠這樣，牠只有一歲，還只是個孩子。」

栗子擺動牠粗大的尾巴。

「哇，一歲已經長這麼大了呀。」

「因為牠吃好睡好，像吹氣球一樣長不停，還會再長更大。」

大概知道正在說自己，栗子的耳朵轉過來，悠哉吐舌的表情彷彿正在微笑。

「那我先失陪了，妳會暫時住在島村先生家對吧？」

「是的，我是這樣打算。」

「那麼，我晚一點再上門致意。」

他爽朗獨斷地作了決定，然後低頭看著身邊的狗。

「不能這樣，這多失禮，應該由我上門致意——」

「栗子，我們走吧！」

雖然千鶴搖頭婉拒，但被重雄豪爽的呼聲掩蓋過去。栗子豎直尾巴，大概非常開心終於能去散步了，便叫了一聲跟上主人，還對千鶴搖尾巴。

「很好，就是這個反應。」

重雄帶著狗遠去。

真是充滿活力的人呢——

感覺很親切，但千鶴可能有點不擅應對，太有活力了。

千鶴戴口罩的目的不是防疫，而是為了遮住臉。只要走出大門就一定要戴上口罩，不知從何時開始不這麼做就無法外出，她總是心驚膽跳怕被陌生人認出她就是島村千鶴。

她自己也很清楚這是被害妄想症，但光和人對上眼就會讓她冷汗直流，醫生診斷這是適應障礙症，她也有在服藥。

已經搬來新鄰居了啊。

千鶴和母親以前暫住在這邊時，隔壁住著一對老夫妻。隔壁鄰居庭院寬敞，可以看見圍牆那頭鬱鬱蒼蒼的松樹。兩層樓的房子看起來很堅固，感覺就是剛才那位大叔會住的房子。

重雄看起來年紀比桔平大上一點，六十五歲左右吧。可以在白天帶狗出門散步，大概已經退休了。

想像到此結束，千鶴心想盡量別和他扯上關係吧。即使知道重雄是桔平的鄰居，心臟仍不舒服地劇烈跳動，千鶴不擅長面對嗓門大的人。

2

一打開門，聞到懷念的氣味。

有榻榻米的氣味。從玄關往屋裡看右手邊是三坪的和室，左手邊是四坪的西式房間，走廊底端是鋪上木地板的起居室。

「打擾了。」

姑且打聲招呼後才走進家裡，千鶴慢慢走，家中悄然無聲，非常安靜。

小雪不在三坪的和室，也不在西式房間裡。千鶴脫下大衣朝起居室走去，腳尖突然踢到輕軟的東西，低頭一看，那是有粉紅和綠色羽毛尾巴的老鼠造型玩具。

軟綿綿的白色貓咪不知何時出現在走廊底端，牠不知道主人住院，規矩地前腳併攏坐在地板上。牠的臉非常可愛，一瞬間會把牠誤認為玩偶。

「小雪，第一次見到妳。」

小雪比千鶴想像中的更加大器，讓她不禁笑彎眼。

「過來這邊。」

千鶴蹲下來伸出手，小雪立刻起身，迅速穿過千鶴身邊跑得不見蹤影。事情發生得太快，千鶴根本來不及追。

雖然有點遺憾，但對小雪來說，千鶴是闖入者。突然有個陌生人闖入自己的領域中，牠當然會逃跑。因為是貓啊，別胡亂追上去，放著牠不管或許比較好。

走進連接起居室的廚房，流理臺旁擺著金魚水缸形狀的白色碗和粉紅色的深盤。碗是喝水用的，深盤是飼料用的吧，深盤似乎是手作的。

啊，這個，之前和母親暫住在這裡時已經有了。

感受著懷念，千鶴把碗中的水換新，從料理臺前方的廚房流理臺下方拿出貓糧，用磅秤秤好後倒進深盤中。

即使如此小雪也沒現身，千鶴離開起居室來到三坪的和室，她跪坐在榻榻米上屏息以待。聽說貓咪是警戒心很強的動物，要是嚇到小雪就太不好意思了。雖然不到剛剛重雄那種程度，但希望能讓小雪理解自己不是可疑人物，想讓牠放心。但不知牠躲去哪裡，牠悄悄消除了自己的氣息。

總之先替舅舅準備換洗衣物，千鶴走進桔平位於二樓的房間。

這裡也和以前一模一樣，只有書桌和床鋪的單調房間總是整理得整齊乾淨。書桌前的窗戶窗簾被拉開了，理所當然的，桔平原本辦完事情之後就打算要回家，但沒想到竟然被救護車送進醫院，千鶴回想起這場意外事件。

千鶴從衣櫃中隨意拿幾件貼身衣物和毛巾裝進紙袋中，之後到一樓的洗手間時，發現附近有個白色的塑膠箱。圓頂形狀還有透明的門，裡面鋪著像是小木片的東西，旁邊還立著小鏟子。啊，這是小雪的貓砂盆，千鶴拿鏟子往貓砂裡撈，撈出圓形塊狀物。

原來如此，貓砂吸水後會變硬，也沒有臭味，最近的寵物用品做得真好。好的，倒好飼料也清好貓砂了。這樣一來，小雪短時間內也不會傷腦筋吧。

「舅舅住院了，我替他拿換洗衣物去醫院喔。我還會再回來的。」

出門前對不見身影的小雪說話，雖然牠不會回應，但還是想跟牠說一聲。她和小雪接下來是要一起看家的夥伴，步出家門前轉頭發現了小雪，牠正在偷看千鶴。牠似乎以為自己完全躲在起居室的門後面，但牠的耳尖其實露出來了。好可愛喔。也許是發現了千鶴的視線，小雪立刻躲了回去。

再次坐公車回醫院去，桔平正在熟睡。剛才說那麼多話果然讓他太累了，千鶴把裝換洗衣物的包包放在床邊，走出病房。

從醫院的正門離開後又搭上公車，在暖氣發揮效用的座位上坐下後，身體彷彿生根般鬆懈無力，這是因為平常沒怎麼活動身體。

下公車後繞去附近的超商，看了一下雜誌區，目光被貓咪封面吸引。那是針對貓咪飼主出的月刊，千鶴連同中餐的飯糰一起拿去結帳。

回到家後往起居室裡看，果然還是不見小雪。不見牠用過貓砂的痕跡，飼料也沒被吃過的樣子，有點失望。果然還是有所警戒吧，對不起喔。明明是自己的家裡，如果因為陌生的千鶴讓牠忍著不上廁所不吃飯，就對牠太抱歉了。

鑽進暖爐桌裡，用超商買來的飯糰簡單解決一餐後，立刻翻開雜誌。令人意外的，貓咪似乎是表情豐富的動物，雖然給人傲嬌不好親近的印象，但其中也有許多愛撒嬌，總是想和飼主膩在一起的貓咪。

就在千鶴驚呼連連地翻閱雜誌時突然感到一股視線，千鶴抬起頭，不禁「咿」地倒抽一口氣。有位白髮老人站在她面前。

「不好意思，在妳休息時突然前來打擾。」

老人有禮地低頭致意。

誰——？

說不出話來。

「請問，妳該不會就是中間人吧。」

老人不疾不徐地開口說話。

中、中間人？是什麼意思——？

這個人到底從哪裡進來的？難不成剛才回家時忘了鎖門？肯定是小偷。不對，他在住戶在家時現身，所以是強盜。

「是這樣沒錯吧？看來妳能看見我。」

「什麼？那、那個，請問你這句話是什麼、意思——」

千鶴結結巴巴回答，睜大眼手往後撐。她不認識這個人，也不知道他在說什麼，想要和他拉開距離卻因為腿軟站不起來。老人困惑地歪頭，維持雙手自然垂放站立的姿勢看著千鶴。

但說他是強盜，氣質未免太好，也不見他有強硬靠近千鶴的跡象。多虧如此讓千鶴慢慢冷靜下來，再次提問：

「請問，你、你是誰？」

老人身穿筆挺的訂製灰色西裝，繫著胭脂紅的領帶，象徵向日葵的金色徽章在他左胸前閃耀。

律師——？

不，也不見得是這樣，因為又不知道那是不是真的徽章。話說回來，管他是律師還是誰，突然闖入別人家中也太奇怪了吧。

老人環視房中，四處張望著像是在找誰。

「哦，看妳這種感覺，妳似乎不是中間人。」

老人問完後，千鶴不自在地點點頭。

「我、我只是單純幫忙看家。」

「原來如此，原來是這樣啊，我失禮了。看來我是搞錯人了，因為妳看得見我，我還以為妳就是，嚇到妳真的相當抱歉。」

老人道歉後，緩步想要離開。

這是怎麼一回事——？說能看見他是什麼意思……咦？

消瘦的西裝身影變得透明，可以看見另外一頭。為什麼可以看見人身體另一邊的景象？老人在起居室門口停下來，轉過頭來低頭致意，他的身體果然有點透明。

怎麼想都不尋常，千鶴無法理解眼前發生的事情，腦袋一片混亂。千鶴心想眨眨眼或許就會消失，但不管她眨了幾次眼老人都沒有消失——沒錯，這個人不是小偷也不是強盜，是鬼。

老人從視野中消失之後，千鶴戒慎恐懼地跑到玄關去確認大門，她有把門鎖好。

千鶴一個人待在靜悄悄的家中，她搖搖頭。

不對不對，這是因為我太累了——

根本沒聽說這個家中有鬼，因為舅舅突然昏倒住院被嚇了一大跳，肯定是大腦太疲憊才會出現奇怪的錯覺。這種時候就要早點休息。

（這次的事情真的很遺憾。妳是從什麼時候開始這樣做的？）

編輯瀨川抬眼往上看著千鶴問。

千鶴拚命解釋自己真的沒有做，但瀨川完全聽不進去。先前也解釋過好幾次了，但他總是這樣。

（因為實際上也有證據。）

瀨川年過四十，在出版社中也是相當有個性的男人。

五官深邃，總是打扮得時尚有型，穿有色襯衫，袖口還會別上閃亮亮的袖釦。每次見到瀨川，都讓人感覺他是很有自信的人。他工作能力好，也受到好評，可以和這種人合作相當值得感恩，但每次和他討論工作都有一種被他一味斥責的感覺。總歸一句，他音量大說話又快，機關槍似地一句接一句說不停。

千鶴認為自己是他討厭的類型。他肯定對和他性格相反、聲音小、反應又遲鈍的千鶴不耐煩。在千鶴學生時代，老師與風雲人物的同學也會擺出類似態度，千鶴有所知覺。

（結果，妳根本沒有自己的畫。）

瀨川越講越大聲，大概覺得一句話都說不出口的千鶴很有趣，還得意忘形地哼起歌來。把「這傢伙不行啦」等過分的臺詞加上節奏，彷彿在唱音樂劇。他興致越來越高，甚至站起身跳起舞來。

夠了——

千鶴忍不住摀住耳朵時，驀然睜開眼。

視線前方看見木雕欄間，順著欄間看過去，右邊有神龕。一瞬間以為自己闖入陌生地方，坐起身來，厚重棉被從她身上滑落。

對了，她現在在桔平家裡。昨天吃了安眠藥早早入睡，一想到那個奇怪的老人可能會再次出現，就讓千鶴完全不想醒著。邊佩服自己睡得還真熟邊發著呆，突然發現自己真是做了一個討厭的惡夢。

窗戶那頭傳來音樂聲，充滿活力的聲音瞬間將千鶴拉回現實。

——廣播體操？

因為這音樂的關係才會做那種奇怪的夢啊？是啊，現實中根本不可能看見瀨川唱歌跳舞的模樣。真是的，那什麼夢嘛，到底是誰在播音樂啊？

抬頭看立鐘，時間六點半，紙拉門另一頭昏暗。即將迎接十一月的這個時期，還要一段時間才天明。

邊想著「這種時刻也太擾民了吧」邊拉開小隙縫一看，看見隔壁昏暗的庭院中，身穿運動外套的魁梧大叔有活力地揮動雙手，是重雄。那隻大狗規矩地坐在他身邊，栗子好有規矩喔，牠併攏粗壯的前腳，守護著主人。

關上拉門嘆了口氣。注重健康是很好沒錯，但如果他要在戶外做，希望他可以小聲點啊。千鶴把自己捲進棉被中，背對拉門。

只需要忍耐幾分鐘，廣播體操很快就結束了。

就這樣聽著聽著，突然想起小學暑假。不擅長運動且早上起不來的千鶴非常討厭廣播體操，即使費盡千辛萬苦去參加，在她以為和大家做出相同動作時，卻常常突然發現自己的手和大家的方向相反。長大成人的現在會認為不過只是廣播體操嘛，但在孩提時代從早上開始就會有很不好的回憶。

離開床鋪又跑到窗邊去看，重雄的動作如同電視上的範本般標準。雖然覺得一大早就做廣播體操是健康又正確的生活習慣，但不適合夜貓子的千鶴。啊啊，果然和這個人合不來。

體操流暢地以剛睡醒的腦袋跟不上的速度進行，漫不經心地聽著音樂，終於感覺繼續睡下去很愚蠢，千鶴開始起床折被子。

走進起居室，發現飼料有減少。小雪在千鶴睡著時吃飼料了，牠似乎仍躲在某處，但多少有吃東西讓千鶴鬆了一口氣。千鶴又添了一點飼料，換了一碗新的水。

千鶴做著這些事時，廣播體操也結束了。周遭頓時安靜下來。小雪仍舊沒有現身，既沒有聲響也沒有氣息。

突然，氣質高雅的西裝老人浮現腦海。

對了，有鬼——

被廣播體操擾亂後忘了這件事，但昨天這個家裡出現鬼了。大約七十歲左右的白髮老人，身上別著律師徽章。

雖然很不可思議，但一到早晨恐懼也減輕了。或許因為對方雖然是鬼，但一點也不恐怖，甚至還是位溫和的紳士的緣故吧。雖說如此，如果又出現了還是令人害怕啊。那位老人好像在找誰，記得他確實說了「中間人」，難不成，桔平曾說「如果我不在時有人來找」是指那個人嗎？——應該不可能吧，因為那是鬼耶。但基本上還是跟桔平說一聲吧，他或許知道些什麼。

難得早起了，今天先回自己的公寓一趟，拿換洗衣物、洗臉用具等等的生活用品過來吧。雖然在附近買新的比較輕鬆，但現在盡可能不想花錢。

迅速收拾行李，正好直接去醫院，應該會在桔平吃完早餐時抵達。到時隨便問他除了昨天拿去的東西之外還需要什麼，再替他準備。

3

千鶴雖然幹勁十足地出門，卻沒有見到桔平。

千鶴提著從公寓裡拿出來的行李要走進病房時被護理師阻擋，聽說桔平現在轉入加護病房治療當中。

「他的病況剛剛突然惡化。」

聽說早上巡診時發現桔平失去意識，好像出現了強烈的噁心感，枕頭旁還有他嘔吐的痕跡。晚上巡診時沒發現異狀，推測是清晨時出現的狀況。

從加護病房走出來的醫師面有難色，千鶴表明自己是外甥女後，醫師領她進入診療室，千鶴此時才得知桔平患有重度腎臟病，情況不樂觀且無法預測。

「我完全不知道他生病了。」

千鶴腦袋跟不上急轉直下的狀況，桔平的病況比想像中嚴重讓千鶴心臟激烈跳動。

「他本人很清楚自己的病況就是了——他很可能暫時無法恢復意識。」

「怎麼會這樣，他昨天還能正常說話耶。」

「洗腎患者偶爾會出現這種狀況。」

血壓調節不佳或嚴重貧血時，血壓會下降。昨天也是這樣，幸好及早發現到醫院接受治療才改善症狀。醫師表示這次也施以相同治療。

「他晚一點會恢復意識嗎？」

「應該會，但我無法斷言，因為島村先生已經是重症了。」

也就是重度的腎臟衰竭，聽完醫師說明後千鶴終於理解了。

難怪桔平臉色不好，聽說他的腎臟幾乎失去作用。聽見醫師表示「他可以到今天還沒有倒下反而可說不可思議」後，千鶴心緒動搖。對昨天輕言說出「那總之可以放心了」的自己感到羞愧。舅舅……為什麼要獨自忍耐啊，都不知道他洗腎的事情……因為千鶴不可靠，不足以當他商量的對象嗎？

「我們會盡全力。」

醫師謹慎地說完後表示到了他看診的時間，便結束對話。

離開診療室後，千鶴搖搖晃晃地從正門離開醫院。公車才剛開走，一看時刻表還得再等上十分鐘才有車。在暴露於北風中的長椅坐下，千鶴重重嘆了一口氣。把裝行李的波士頓包放在一旁。

因為母親長期住院，千鶴已經習慣醫師冷靜說話的方式。也知道醫師總會預想最糟糕的狀況，意識著不讓病患與家屬太過樂觀。所以千鶴把醫師的話理解成不是今、明兩天就會怎樣，桔平病狀好轉的機率也並不是零。

但是，如果有個萬一呢？

怎麼都會去想最糟的狀況。千鶴母親在她十九歲時因病過世，面對這種狀況，比起樂觀的可能性，千鶴更容易浮現悲觀想法，她親身體認過有些願望不可能會實現。

回想起昨天見到桔平時的臉，胸口一陣抽痛。沒想到他病得那麼重，他是在幾乎想要尖叫的極度不適中，勉強自己露出笑容嗎？

千鶴是桔平唯一的外甥女，從小就很疼愛她。教千鶴畫畫的人也是桔平，暫住在這裡時桔平還帶她去美術館。千鶴會開始畫畫全得歸功桔平，一想到桔平如果這樣一去不回就讓千鶴幾乎落淚。

搬回來住吧。

千鶴如此想著，不是為了小雪而是為了要照顧桔平。如果要定期到醫院探病，搬回來住也比較好。等桔平順利出院之後，住在同一個家裡也能照顧他。

或許該慶幸千鶴獨居且是租屋，說走就能走。反正無業狀態下，她也想著遲早得搬到房租更便宜的地方住。這正是個好機會啊，轉眼間已經三十，失去工作的現在或許來到該轉換環境的時刻了。桔平肯定可以出院的，到時候，為了彌補自己過去的不聞不問，千鶴想要好好照顧桔平。雖然不擅廚藝，但總比外食對身體來得好。獨居久了早也習慣了打掃、洗衣，但前提得先徵得桔平同意。

就在她思考這些事情時，公車進站了，車窗外一片昔日風貌的街景，取代時尚咖啡廳與高樓大廈的，是寬敞車道旁茂盛的櫻花行道樹。現在葉子全掉光了，但到了春天就會盛開美麗的花朵吧。

住這一帶感覺開車比較方便，如果搬回桔平家住，去買一臺二手的輕型小客車吧。桔平家的停車場停著一輛老舊的外國車，但空有駕照的千鶴感覺無法駕馭那臺車。

不管怎樣，現在全心希望桔平康復。就算無法立刻出院，也希望能在花苞出現之前出院。千鶴邊看著冬天枯萎的櫻花樹如此想著。

她從公寓拿來毛衣、襯衫等幾件平常穿的衣服，還有貼身衣物、運動鞋、洗臉及化妝用品。每樣都是她用了好幾年的物品，除此之外還有素描簿和鉛筆。筆電放在公寓裡，千鶴原本就沒什麼物慾，東西很少。買了東西後會很愛惜使用的習慣承襲自母親，母親常對她說「物品也有生命」，這已經成為她身體的一部分了。

她現在手邊也還有幾個母親的遺物，裝行李的波士頓包就是其中之一。尼龍製的包包既輕巧容量又大，要替桔平拿東西去醫院時應該很好用。

從公車站走回家的腳步沉重，好不容易抵達桔平家時忍不住大嘆一口氣。

「千鶴妹妹。」

突然有人大聲喊她，嚇了她一跳。

「妳怎麼啦，咳聲嘆氣的，島村先生狀況怎樣啊？」

是隔壁鄰居重雄。他似乎正在整理庭院，站在楓樹旁的摺疊梯上，手拿樹剪看著千鶴。

「你好。」

千鶴陪笑，這才想到，如果要住在這裡就有傳統的鄰里社交得做，住公寓時就算碰到鄰居也直接錯身而過，但重雄會稀鬆平常地開口搭話。

「行李真多呢。」

「我剛好回自己的公寓去拿行李。」

「這樣啊，突然決定要在這邊住下來，應該有很多不便吧，我來幫忙。」

重雄走下摺疊梯，他嗓門還是那麼大。不愧是一大早起床做廣播體操的人，活力非常充沛，他手上拿著樹剪更讓人感到恐怖。

「不用了，我沒問題，你在修剪庭院的樹木嗎？」

「對啊，落葉樹趁冬天修剪比較沒負擔，就跟熊一樣，樹木也會在寒冷的時期冬眠。」

「是這樣啊，我都不知道耶。」

「我之前會請園藝師來幫忙，但現在退休了很閒，所以就試著自己來。但果然還是不行，看別人做好像很簡單，實際上自己做完全不一樣。術業有專攻，外行人做不來啊。」

重雄雙手環胸抬頭看著楓樹。

正如千鶴所想，重雄年過六十已經退休，似乎一直待在家裡。會一早起床做廣播體操，自己嘗試修剪庭院的樹木，全因為時間太多沒事做。如果要在枯平家住下，便無可避免得和重雄往來，這讓千鶴有點憂鬱。

「沒辦法了，只好再委託園藝師吧。」

栗子又待在重雄身邊，牠乖乖在一邊避免打擾主人整理庭院。雖然重雄濃眉大眼又身材魁梧，外表看起來很恐怖，但他肯定是很親切的人，栗子看起來也很信賴牠的飼主。

這麼親切的鄰居竟然覺得他麻煩，千鶴對這樣的自己感到羞愧，但實際上就算只是閒話家常也會讓千鶴冒冷汗。她自認為露出了不失禮的微笑，但她的表情肯定相當生硬。

沒錯，重雄和瀨川編輯很相像。五官深邃和大嗓門這兩點很像，所以今天早上才會夢到瀨川吧，明明想要早日遺忘的呀。

「比起這個，千鶴妹妹妳怎麼啦？臉色不太好耶。」

「沒有，沒什麼。」

千鶴用手掌壓壓自己的臉，冰冷得嚇了她一跳，她的臉已經失去血色。

「真的嗎？我覺得妳快要貧血了耶。」

「我沒事，大概因為從公車站走回來走太快，有點喘不過氣來。」

「公車站不就前面而已嗎，這樣就喘不過氣來，妳運動不足喔。還是，要不要和我一起早上做廣播體操啊？」

「這個嘛——如果我能早起再說。」

「喔，有興趣是嗎？」

沒有沒有，一點興趣也沒有。

「那麼，明天就立刻開始吧。」

「明天不太行，我可能得去醫院看舅舅。」

「廣播體操是早上做啊，對運動不足的人來說非常合適，認真做也會滿身大汗。」

這個人還真是強硬耶。

重雄似乎很想拉千鶴一起做廣播體操，即使千鶴不斷打太極，他也直盯著她的臉彷彿是要看出她的真心。就說了很恐怖啊……但或許實際嘗試之後心情也會隨之改變。

「如果我早上起得來，請務必讓我一起參與。」

「好，就這麼決定。照顧病人也需要體力，得好好努力才行。如果遇到什麼麻煩，別客氣儘管說。」

「好的，非常感謝你的關心。」

「好，然後有件事情也得說一下才行。最近這附近不太安寧，說有可疑人物出沒。妳晚上不要出門比較好，發生什麼事情馬上來跟我說。」

千鶴頓時不安起來，她想起了白髮老人，瞬間閃過「好險那是鬼不是小偷」的想法。

「怎麼啦，突然不說話，妳該不會看見可疑人物了吧。」

重雄的眼神又變得銳利，皺起了眉頭。

「沒有，我沒看見。」

「真的嗎？」

「真、真的，是真的。」

「那就好。」

重雄放鬆眉間力量，乾脆說道。

「接下來請妳多多指教，身為鄰居，我也會幫妳忙，別客氣儘管說。」

「謝謝你，那我先失陪了。」

「好喔好喔，再見。」

重雄咧嘴露出牙齒，單手擺在額側做出敬禮的姿勢，千鶴對他鞠躬致意之後終於得以解脫。

敬、敬禮——？

不知該如何反應讓千鶴傷腦筋，心想果然和這個人合不來。

呼。

步入家門後只剩一人，用力吐了一口氣。雖然很感謝他的關心，但臉色差的原因不是其他，就是重雄本人，千鶴也清楚這樣的自己不講理，但重雄怎樣都會讓她聯想到瀨川。

「啪嚓、啪嚓」，聽見樹剪剪斷樹枝的聲音，重雄似乎又重新展開整理工作。

總之先冷靜下來，那個人是親切的鄰居，和瀨川完全不是同一個人。而且話說回來，只要不去想就好。已經不會再與瀨川見面了，因為現在也沒接工作，他不可能主動聯繫，千鶴如此告訴自己。

明明把他當作很重要的工作夥伴，但瀨川絲毫不信任千鶴。那件騷動發生之後，千鶴立刻明白了這件事。瀨川全盤相信社群網站上散播的內容，完全不肯聽千鶴解釋，在千鶴被找去公司說明時，瀨川正眼都不看一下千鶴，還中途打斷她的話，跑去和別人開會。千鶴也是在事情發展成這樣後，才第一次知道自己的作品與他人相似……

（就算網路也是無風不起浪的。）

每次想到瀨川的這句話，就讓千鶴心寒。

結果千鶴蒙受不白之冤，失去工作。不只失去和瀨川的合作案件，連其他公司的委託也愕然中斷。

傷心的回憶沒那麼容易忘記，明明想要遺忘，卻會在不經意時回想起來折磨自己。

直到半年前，千鶴都以插畫家的身分順利工作著。她主要替書籍或雜誌畫插畫，瀨川任職的大型出版社是她很重要的客戶。

她和瀨川已經合作五年，千鶴帶著作品上門推銷自己，之後瀨川就開始委託她繪製女性雜誌文章的插畫。

千鶴筆觸柔軟的插畫受到女性歡迎，瀨川轉調文藝部門後，由千鶴負責繪製的小說封面，內容多是描述提供暖心菜單的人氣餐廳，在小說成為暢銷書之後，千鶴的工作也連帶跟著上軌道。後來也開始接到其他出版社的委託，從文藝雜誌的插畫到書籍封面等等，案件源源不絕，收入也讓千鶴能夠過上自給自足的生活。但在「剽竊事件」發生之後，千鶴頓時失去所有工作。儘管是莫須有的罪名，但也讓千鶴切身體認到，這世上會發生有理說不清的事情。

不幸總是突然造訪。不僅工作，母親病倒時她也是這樣想。神明真是壞心。越是強烈的願望越不可能實現，簡單一句話，就奪走了千鶴重要的人事物。所以千鶴不追去者，取而代之的是盡可能接納每一個來者。

但是。

打開玄關大門，白髮老人就在門內，是昨天的鬼魂。他站在臺階上，和昨天一樣穿著同一件筆挺的西裝。雖然是第二次見到他，但千鶴仍瞬間嚇到全身僵硬。

不管怎麼說，要接納這種人實在有點難耶——

「連日叨擾真的很抱歉。」

他相當禮儀端正地鞠躬，很客氣地對千鶴說話。

「我完全沒有要嚇妳的意思。」

老人張開雙手讓千鶴看他的掌心，這姿勢代表「我無意加害於妳」的意思。但會害怕就是會害怕，這個家是從何時開始會出現鬼魂的啊？……

「雖然我昨天一度離開，但我正在找的果然是這戶人家沒有錯。所以，雖然十分惶恐，但還是再度上門叨擾了。」

大概看出千鶴感到害怕，老人的聲音十分冷靜地說明。

果然還是會怕鬼，即使理智上想要接納，但身體仍會出現排斥的反應，千鶴當場癱軟。就算眨眼，鬼魂也沒有消失，他就站在臺階上窺探千鶴的表情。老人雙手垂放靜靜站著，似乎默默等待著千鶴的恐懼平息。雖然是鬼，但似乎是個好人。

短暫沉默之後，老人開口問說：

「請問妳冷靜下來了嗎？」

「嗯，是的，託你的福。」

「那我就放心了。」

老人露出淡淡的笑容。原來鬼也會笑啊。

眼前的老人雖然形體透明，但除去這點之外與尋常人無異，肯定是保持著他死前的模樣吧。

仔細一看，老人和千鶴外公的氣質相仿。

在千鶴國中時過世的外公是小學校長，就跟這位老人相同，非常適合穿西裝。千鶴湧起一股懷念之情。外公很溫柔，眼睛總是笑瞇瞇的等著千鶴來看他。

那麼，人要有理由才會變成鬼，雖然千鶴不知道自己能不能幫上忙，但既然看得到他，能和他說話也是個緣分。努力讓自己冷靜下來後，千鶴也拿出和老人說話的勇氣了。

「我昨天也說過了，我只是幫忙看家。」

「妳的確這樣說過。」

「這房子的主人是我舅舅，他現在住院且沒有辦法說話，你該不會是要來找我舅舅的吧。」

「不，我不認識妳舅舅，昨天是我第一次來叨擾。只不過，我聽說過這戶人家的事情。」

「這樣啊，如果你不介意，我可以聽你說。」

「謝謝妳，非常感謝妳的親切。」

老人瞇眼微笑。

雖說如此，即使聽他說，千鶴也不知道自己能做什麼。但她很清楚沒人聽自己說話的痛楚，一想到這個人或許也是如此，就讓千鶴無法趕他走。

領老人走進三坪的和室中，請他上座。原本應該要請對方喝茶，但就算端茶出來也不知道對方有沒有辦法喝，千鶴隔著茶几在對面坐下，和老人面對面。
「我名叫飯田和夫。」
一坐下，老人報上名號。
「生前是一名律師。」
他從口袋掏出用很久的皮革名片夾，接著動作流暢地從中抽出名片遞給千鶴，但話說回來，千鶴也接不下來啦。因為名片也跟和夫同樣透明，只能看見上面寫著「飯田事務所」。
「啊，這妳沒辦法收下。」
和夫自己發現了，又把名片收回去。
他真的是律師，胸前的徽章都褪色了，感覺經過了漫長的歲月。
「不好意思，我今天身上沒有名片。」
千鶴道歉後，和夫搖搖頭。
「不，我才失禮了。不小心就做出生前的習慣，名片什麼的已經沒有任何意義了啊。」
和夫把名片收進口袋。
「我名叫島村千鶴。」

沒說自己的職業，失去工作已達半年，感覺自稱插畫家太不知廉恥。

「還請你說給我聽。」

「好的──真的要開口說了，反而讓人不知從哪說起好。」

和夫傷腦筋地自言自語，用手摸下顎。

「嗯，就讓我從死掉的時候開始說起吧。我享年七十，因為蜘蛛膜下腔出血死亡。我在事務所工作時突然感覺劇烈頭痛，昏倒前我還有記憶，但當我發現時我就已經死了。雖然我什麼也不記得，但在我恢復意識後──嗯，說恢復意識可能有點怪啦，我聽到來參加我喪禮的同事說的話。」

「你是在工作中過世的啊。」

「很丟臉，我對自己太有自信，操勞自己，結果得到了報應。我都一把年紀了，卻還不顧自己的身體不停工作。」

和夫語氣平淡地說著。

「自己執業的人沒有退休年齡，一個不小心就會忘了自己的歲數。說到七十歲，一般上班族早就退休了，事到如今我才痛切感受，應該要爽快點退休才對的啊。」

和夫看起來比七十歲還年輕，鬼魂會以死亡當時的模樣出現嗎？他似乎是一直活躍於第一線的人，臉孔很有威嚴，聲音也充滿活力，甚至讓人感覺他過世這件事很不合理。不僅如此，千鶴感到意外的是，比起活生生的人，她和這位禮儀端正的鬼說起話來更顯輕鬆。

「猝死相當麻煩。」

和夫說他手上有件大官司，為了準備出庭，連續幾天窩在事務所裡忙到三更半夜。

「最後帶給大家很大的困擾了。」

他和委託人有很久的交情，這場官司絕對不能輸，他卻中途猝死。和夫似乎是個工作狂，死了還繼續自責。

千鶴聽著聽著也跟著一起沮喪起來，雖然拿他來比較非常失禮，但千鶴也有過類似經驗。面對突然從天而降的災難，千鶴因為交不出畫作，讓工作開了天窗。那時也帶給許多人困擾，現在回想起來仍讓她深覺抱歉，無所適從。

「這個話題太沉悶了，真不好意思。」

大概發現千鶴表情憂鬱，和夫又補充說道。

「因為我的原因造成這種狀況，但很幸運的是，官司有辦法繼續打下去。哎呀，律師要多少有多少嘛。」

和夫過去指導過的晚輩接手他的工作，安排讓官司能夠繼續打下去。那位律師非常優秀，而且重情重義，可以儘管放心交給他，所以和夫也沒有遺憾。

但他依舊無法前往西方世界，仍在人世間徘徊，正當千鶴感到有點不可思議的時候——

「我想知道，妻子到底想要說什麼。」

和夫微微低下眼睛，說出了他的真心話。

「我病倒那天早上，妻子好像有話想對我說，她的舉止看得出來是在窺探說話時機。她看起來很開心，大概有什麼好消息。當時若停下來聽她說就好了，但我只顧著工作，沒聽妻子說話就趕著出門，然後當天我就死了。」

和夫也自覺讓妻子過得很辛苦，其實官司可以交給其他律師，但妻子卻無人可以取代。就算沒發生這件事，他一整年都把妻子丟在家裡，最後還是在出門工作時過世，想到自己從沒對妻子說過一聲感謝，就沒辦法前往另一個世界。

「要是有聽她說話就好了，那點時間還是抽得出來啊。我卻回她『晚點再說』將她一把推開，我到底是在自大什麼啊？死掉後的現在，我仍然無比後悔。」

和夫痛切地控訴，手一直撫摸著胸口。

「有種忘了什麼東西的感覺，如果不聽妻子把話說完，我感覺我完全無法前往另一個世界。拜託妳了，可以請妳幫我與妻子再見一面嗎？」

「我、我明白了。」

被和夫痛切的心願打中內心，千鶴點頭應允後卻慌張了起來。

怎麼辦——該怎麼做才好？我知道該怎麼做嗎？

不小心草率答應了，到底該怎麼做才能讓鬼魂和活著的人見面呢？

「府上有貓咪對吧。」

彷彿要出手幫千鶴，和夫如此說道。

「對、有，我家有養貓——」

「如果方便可以讓我和牠見一面嗎？聽說府上的貓咪可以幫我這個忙。」

「什麼？」

和夫這句話嚇到千鶴，貓咪能幫忙？這又是超乎常理的事情，但和夫的表情十分認真。

4

「喵嗚。」

聽到可愛的叫聲後回頭一看，只見和室紙拉門那頭出現了剪影。千鶴拉開門，小雪輕巧無聲地搖動牠毛茸茸的長尾巴，走到和夫身邊。

「初次見面。」

和夫朝小雪點頭致意。

「妳就是傳聞中那隻有名的貓咪吧。」

「喵。」

「這樣啊，非常感謝妳。」

小雪若有所思地仰頭面對和夫，剛那是什麼？感覺好像在回應一樣。

明明一直躲著我的耶。雖然千鶴內心有點受到打擊，但現在不是計較這個的時候。

他們該不會在對話吧——？

雖然認為應該不可能，但看起來確實如此。

「有條件？哈哈哈，我想也是，要向妳商借妳重要的身體，當然不可能無償。該怎麼做妳才願意出借身體呢？」

對此，小雪震響喉嚨，雖然聽不見聲音，但牠似乎在回答。這是怎麼回事？彷彿童話世界啊，貓咪小雪和鬼魂和夫一臉理所當然地在對話耶。

「妳說要布施啊，分享我人生中最幸福的回憶就可以了嗎？如果說出來的故事可以讓妳滿足，就願意出借身體，讓我和妻子說話。是這樣對吧。嗯，就跟我聽到的一樣。」

小雪的尾巴尖端小幅度擺動。

「我明白了，請給我一點時間。」

和夫點點頭，露出思索的表情一段時間。

他們大概正在交涉，和夫想見妻子，小雪表示只要他願意什麼「布施」就可以實現他的願望。

出借身體是什麼意思？考量和夫現在是鬼魂，或許表示可以附身到小雪身上。布施就是代價的意思吧？幸福的回憶能算是代價嗎？千鶴雖然對此感到疑惑，但姑且不論是否超脫現實，總之似乎是這麼一回事。

「不好意思——」

千鶴舉起手，誠惶誠恐地插話問道。

「或許打擾到你們，但可以也說給我聽嗎？」

「抱歉，我真是失禮了。」

和夫一副這才反應過來的表情，轉過頭來回說。千鶴又問：

「你該不會在和我家的貓……在和小雪說話吧？」

說完後，千鶴自己也不禁歪著頭。雖然腦中認為是這麼一回事，但內心卻還跟不上現實——就是這種感覺。

「正是如此，我正在和小雪商量請牠出借身體。」

聽見和夫的回答後，仍然有點……難以置信。但是，既然他說正在商量，實際上真的在對話吧。

人變成鬼魂之後會擁有不可思議的力量嗎？還是說貓咪這種生物有這樣的力量呢？就在千鶴思考時——

「妳看起來相當難以相信呢。」

和夫笑道。

「——對，對不起，正如你所說。」

「我想也是，我如果還活著應該也不會相信這件事，我在來府上叨擾時也還半信半疑。但很不可思議的，我現在能和小雪對話。大概因為已經死了吧，我現在接受了這一切。貓咪可以看見鬼是真的呢。」

和夫感慨甚深地點頭道，但這真的嗎？

「有時貓咪會直盯著空無一物的地方看啊，對吧，那有非常明確的理由，我想現在就是那樣的狀態。」

這樣說起來的確聽說過，貓咪有神秘的力量，看得見人看不見的東西。貓咪看著空無一人的空間時，那邊就有鬼魂……等等。

「小雪說牠能施展『貓語』。」

冒出沒聽過的名詞。

「『貓語』？那是什麼？」

「簡單來說，就是鬼魂進入小雪的身體，對活著的人傳達自己想說的話。牠是這樣解釋的。」

和夫還說，他剛剛才從小雪口中得知這稱為「貓語」。

「正如妳所知，變成鬼魂的我們沒有辦法和活人溝通。就算說話，對方也聽不到我們的聲音，我自己也喊了妻子好幾次，但她毫無反應。即使就站在她面前，她也看不見我，沒辦法碰她也沒辦法和她說話。」

以前曾在外國電影中看過這類場面，丈夫過世之後變成鬼回到妻子身邊的故事，和夫也經歷與電影相同的經驗啊。

「我聽到傳聞，為了『貓語』才來府上叨擾——不好意思，我也十分清楚這聽起來十分荒唐。但聽完小雪說的話之後，讓我確定傳聞是真的。」

和夫垂下眉尾看著千鶴，他邊觀察千鶴的反應邊推進對話，這種方式應該是他生前在工作中培養出的習慣。

「根據傳聞，如果有緣分便會走著走著聽見貓叫聲，然後自然停下腳步，這就是找到『貓語』之家的訊號。實際上，我就是在府上門前聽見貓叫聲而停下腳步，還和在二樓的小雪對上眼了。」

那是昨天發生的事，小雪從二樓喊住和夫。

「請問妳聽過『貓鳴無聲』這種說法嗎？」

「沒有，請問是『沒有發出聲音的叫聲』的意思嗎？」

「沒錯，貓咪會用人聽不見的高音頻喊叫，所以才被稱作無聲。但這是因為貓咪和人類聽覺音頻的範圍不同，所以才聽不見，實際上牠是有叫出聲的。變成鬼魂之後我也能聽見牠的叫聲了。小雪就是透過無聲的喊叫喚住了我。」

千鶴側眼偷偷看了小雪一眼。

牠一臉輕鬆自在地坐著。近距離看著小雪，千鶴才發現，小雪的兩隻眼睛顏色不同。右眼是淡黃色，左眼是藍色，就是所謂的「異色瞳」，貓咪雜誌上也有寫，據說以前認為這種貓會帶來幸福。

越看越覺得小雪好可愛，但牠竟然擁有如此不可思議的力量，要完全無條件地接受這件事真是有點難。但和夫真的就在小雪喊住他之後來到這個家，為的就是再見他妻子一面。

「但要請小雪施行『貓語』是有條件的，那就是要說出人生中最幸福的回憶。如果小雪聽完覺得滿足，牠就會出借身體。」

「這就是剛剛提到的『布施』嗎？」

「就是這麼一回事呢。嗯，如果能無條件借用，就會有無數像我這樣的遊魂跑來找小雪。會設定條件這相當合理，而且也限定只有找到這裡來的人才行。之所以會用滿足的程度作判斷，也是因為選擇權終究屬於出借身體的一方，也就是說，決定權在小雪手上。」

與和夫說話感覺就像在談生意，但這並不是重點，把身體借給鬼魂？舅舅，我還是第一次知道小雪是有這種能力的貓咪耶。

「你打算說什麼故事呢？」

千鶴問完，和夫的視線看往了斜上方。

「我從剛剛一直想到現在，不過要替回憶打分數實在很困難——但我決定好了。」

和夫朝著小雪正襟危坐。

「那麼，請讓我開始述說我的回憶。」

說起最幸福的回憶，我的腦海中浮現出那片海景。

我三十多歲那時。

我帶著妻子孝子，和當時小學三年級的兒子賢，去了一趟兩天一夜的家族旅行。那是八月初的週末，我心血來潮立刻決定出發。我在二十六歲時通過司法考試，不久後就結了婚，從那時開始，幾乎全年無休不停工作的我，這可說是第一次陪伴家人。

起因是賢拿回家的成績單。

數學和國語等學科全都雙圈圈，只有體育不是圈圈而是三角形。賢不會游泳，因此到了暑假也沉著一張臉。他上游泳課時似乎也被同班同學嘲笑，完全沒了精神，也不去參加每天早上的廣播體操，睡到中午才起床，孝了很擔心他。

不過只是這點小事——

第一次聽孝子說到這件事，我完全是左耳進右耳出。

當時我在位於霞關[1]的法律事務所工作，是人生埋頭苦幹的時期，家只是我回去睡覺的地方，有時連回家也覺得麻煩，甚至就直接睡在事務所裡。

家裡的事情全都丟給孝子，孩子的教育也置之不理。我當然也很擔心賢，但當時我最優先的事情就是工作。將來有一天要自己開事務所，我總認為，等這個願望塵埃落定之後，自己就能參與孩子的教育。

但我不曾對孝子說過心中的想法，我這個父親簡直是糟糕透頂。最令人嘆氣的是我對養育孩子毫無自覺這件事，我一心認為，只要看見我拚命工作的身影，兒子就會自動成長、茁壯，現在我自己回想起來都覺得傻眼。而且我早上都在賢起床前出門，晚上回家時賢早已入睡。沒有週末，也沒假日，人總是不在家，兒子到底何時、怎樣才有機會看見父親的背影呢？

1 日本東京都千代田區的一個地名，許多日本中央行政機關的總部都坐落於此，可說是日本的行政中樞。

從這層意義上來說，時機正剛好。

那個夏天，我在工作上犯了大錯。我強硬推進工作的方式讓委託人對我失去信賴，決定把我換掉。就在開庭前夕他對我說：「我沒有辦法繼續跟著你了。」然後就棄我而去。那是我成為律師後的第一次挫敗。

這讓我非常沮喪，我意志消沉得連事務所所長也看不下去。他強制我休假，我便決定利用這個機會，帶妻子和賢到海水浴場去玩。

那天傍晚，我從事務所回到家，

「歡迎回來。」

孝子笑著出來迎接我，廚房傳來了美味的香氣。

「晚餐吃咖哩喔，飯還沒煮好，但就快好了。你去洗手換衣服吧。」

我聽她的話脫下西裝，洗完手也順便洗洗臉，肚子開始叫了。受到咖哩香氣的刺激，即使腦袋相當沮喪，食慾還是會產生反應。此時我腦中突然冒出「讓賢學游泳」的想法，因為兒子坐在餐桌上沉著一張臉，那有一口沒一口吃咖哩的樣子，和我自己的過去交疊在一起。

我小學低年級時也不會游泳，但父親在小學四年級的暑假教會我游泳之後，我就擺脫了旱鴨子的稱號。在通過困難的司法考試之後，我得意忘形到完全忘記自己過去曾是個愛哭鬼。

當我對兒子說要一起去海邊，並要教他游泳時——

「可以嗎？」

賢很客氣地點點頭，孝子也露出十分開心的表情。我平常都把家裡的事情丟給孝子，只有此時我自己動了起來。我當天就訂好旅館，一家三口週末出發到伊豆的下田[2]去。

「天氣真好。」

在電車上，孝子穿著無袖連身裙，滿臉笑意。

她手上拿著大提籃，她說裡面裝了便當，但三人份也太大了吧，她到底做了多少啊？揹著背包的賢無力笑著，他從電車的窗戶看向外面，要去海邊似乎讓他很不安。晴空萬里，一家人一起去旅行，賢卻露出這種表情，這讓我著實感到心痛。

上午抵達旅館後我們立刻到海邊去，正值暑假，海邊非常熱鬧。帶著小小孩的家庭在海浪邊堆沙堡，許多差不多年紀的小孩和父母在海裡一起游泳。

2 位在伊豆半島南部的都市，因為美麗的白沙灘和淺而透視度高的海水而廣受喜愛。

「爸爸握著你的手。」

我先在淺灘教賢踢水。

「別彎膝蓋，腳伸直踢水。」

賢一開始抓不到訣竅，為了不彎膝蓋就會莫名使力，所以沒辦法好好抬起腳來。與其說踢水更像溺水，動不動就想把臉抬起來。

正午之前暫時停止了練習，我們離開大海，賢卻縮起了身體。大概因為父親親自教他游泳卻還是學不會，覺得自己很沒用，感到煩躁不堪吧。

但是，夏日的白天長，這樣就沮喪也太早了吧，我鼓勵著賢。

「辛苦你了，你很努力喔。」

在遮陽傘下等我們的孝子，在墊子上將便當排了開來。

「這量也太多了吧。」

我不禁苦笑。便當有包海苔的飯糰、炸雞塊、燒賣、章魚小熱狗和煎蛋捲，全是賢愛吃的東西。雖然我可以理解，但這分量真是嚇到我了，用鋁箔紙包起來的飯糰多達十五個。

「不小心太有幹勁，做太多了。」

孝子害臊地笑著。

「因為是第一次的家族旅行啊，沒關係啦，多吃點嘛。」

上岸後的賢鐵青著一張臉，但在看見一整盒飯糰後，也嚇得睜大了眼睛。

「我不喜歡酸梅乾。」

賢邊碎念邊伸手拿起飯糰，一口咬下。

「好好吃喔。」

賢才咬一口立刻點點頭，孝子笑瞇著眼睛，打開了水壺的蓋子。麥茶隨著冰塊聲響流入杯中，孝子把杯子遞給賢。

「也喝點麥茶，在海裡游泳會讓身體的水分流失吧。如果不多喝點，你就會變成魷魚乾喔。」

「說什麼蠢話。」

頂著極為認真的表情卻說著無厘頭的話，這是孝子的習慣。

「妳騙人。」

我和賢同時抗議，接著一起笑。

「哎呀，是真的喔，在海裡游完泳手指會皺皺的不是嗎？小黄瓜和茄子也一樣，撒上鹽巴就會出水，人類也一樣啊。」

「就算是這樣也不至於變成魷魚乾，那也乾過頭了。」

「哎呀，魷魚乾很好吃耶，還能維持牙齒健康。」

「我不是在說這個啦！」

賢對孝子裝傻的言論爆笑出聲，轉眼間就吃完了第一顆飯糰。他用麥茶潤潤口，又伸手拿起了第二顆。「哇，是酸梅乾。」他雖嘟著嘴，卻展現了旺盛的食慾，嘴裡塞滿食物的同時，又塞進了一個炸雞塊。

我也一口接一口大吃了起來。

「你們倆都吃得真豪邁耶，看你們吃我都飽了。」

明明做了這麼多，孝子卻講得跟自己沒關係一樣。

「喂！」

「媽媽也吃啊！」

我們吃便當時歡笑聲不斷。

稍微休息一下之後，再次下水練習踢水。賢看起來越來越習慣，在天色開始染紅之際，他已經可以好好用腳踢水了。讓他戴著泳圈練習用手划水，他也很快就抓到了訣竅。

我也好久沒來海邊了。泡在鹹鹹的海水中，聽著拍岸又遠離的海浪聲，光是這樣就覺得心情平靜。感覺填滿工作的日子變得好遠，原來只要搭兩個半小時的電車，就能來到如此歡樂的地方啊。

「今天到此為止。」

就在海浪閃耀著金黃的光芒，我和賢從海中上岸。

「你們倆的鼻子和臉頰都好紅喔。」

看著並肩走回來的我們，孝子嚇了一大跳。

「媽媽也是啊。」

正如賢所說的，孝子的臉也被曬得通紅。因為她很擔心賢，動不動就離開遮陽傘站在海邊看，露出無袖洋裝外的手臂同樣曬得通紅。

那天，賢在旅館洗澡時邊跳邊叫「哇啊，好痛！」，只好拜託旅館借我們冰袋，替洗完澡的賢冰敷背部。晚餐我們吃了新鮮的生魚片和天婦羅。

「啊啊，好好吃喔。」

賢把端上桌的菜餚全部吃光，就連平時不敢吃的青椒，只要炸成天婦羅，他也吃得一乾二淨。

晚餐後三人一起到附近散步也是美好的回憶，穿著旅館的浴衣到伴手禮店閒逛，然後吃刨冰。賢紅著一張臉興奮不已，被平常不在家的我和孝子夾在中間，走在夜晚的城市中散步，讓他很開心吧。孝子喜歡貼著貝殼裝飾的音樂盒，於是買了一個小的，現在也還擺在梳妝臺的架子上。

隔天也是好天氣，我在海濤聲中醒來，趁著早上又去了一趟海邊，而且還是賢催促著說要快點去的呢。

我們接續昨天的踢水練習，開始複習用手划水的方法，接著終於進入到自由式。他本來就是個努力的孩子，經過一整個上午的努力，雖然還不流暢，但他已經學會了自由式。

「意外簡單耶。」

賢在海之家[3]邊吃拉麵邊這樣說，他在學校的游泳課中吃盡苦頭，所以學會自由式後連自己也感到意外。

「你好棒喔。」

我一誇獎他，他就害臊地搓了搓鼻子。

「因為爸爸是魔鬼教練啊，我只能拚命跟上。」

竟然還有模有樣地這樣說。

「真的，跟赤鬼[4]一模一樣呢。」

孝子看著我曬紅的臉和賢咬耳朵。

「我聽到了喔。」

感覺在海水浴場時，我們的笑聲不曾停歇。耀眼的日光與海潮的鹹味，曬傷的刺痛感令人懷念。一回想起來，孝子和賢的笑容現在也會浮現在我眼前。結束了兩天的旅行，賢在回程電車上的表情和去程時完全不同。他克服了不擅長的游泳，因此有了自信，我也與有榮焉感到很驕傲。

太好了呢。

心裡如此想著，並和身邊的孝子對上眼。

「改天再來吧。」

「好。」

教賢學會自由式之後，我也找回了自己。如果當時沒有去海水浴場，在失意中勉強自己繼續工作，肯定會導致更大的失敗。

快樂的時光轉眼瞬逝，彷彿捨不得回家，真希望永遠不用下車，那是我人生最幸福的回憶。

3 日本海水浴場的「海之家」只有夏天才會營業，這裡不只販售玩水的相關用品，也有不少美味餐點可以享用。

4 日本民間故事與傳說的一種妖怪，一般形象是頭上有角、齜牙咧嘴、上半身赤裸的大塊頭，還分有五種顏色，紅色的赤鬼則是代表「貪婪」。

說完後，和夫望向遠方好一陣子。

看起來彷彿心情還在海邊一樣，千鶴也相同，好像與和夫一同旅行了回來，甚至感覺鼻尖都聞到了海水的氣味。

「結果，那成了第一次也是最後一次，唯一一次的家族旅行。」

和夫回過神，相當遺憾地低聲說著。

「我只會出一張嘴，休假結束之後，又回到成天都在工作的生活。」

「你的工作相當辛苦嘛。」

千鶴說完，和夫嘴角自嘲地笑了笑。

「即使如此，也是有很珍惜家人的律師。我太虧待孝子了，都因為和我這種男人結婚，她應該相當寂寞——死了之後才來後悔也太遲了。」

不知該怎麼安慰他才好。

話說回來，千鶴本來就是個嘴笨的人。到底該對和夫說些什麼，不管怎麼想都想不出好話來。

此時的小雪把額頭輕輕靠在和夫的膝蓋上，但實際上應該沒有碰到。小雪抽動牠粉紅色的鼻頭，額頭則在半透明的膝蓋上磨蹭。

「妳在安慰我啊。」

和夫露出笑容。

「喵嗚。」

小雪抬起頭小聲叫著，然後又把臉往和夫的膝蓋上靠。

（是啊。）

牠似乎真的在安慰和夫。

「我原本想等退休之後，夫妻倆要一起去旅行的。」

和夫看著小雪說出了心底話。

「或許已經沒有辦法去海水浴場玩了，但即使沒辦法游泳，光是看海也很開心啊。去山上也不錯，我原本打算要和孝子去她想去的地方。」

小雪點點頭，上下移動著牠圓滾滾的腦袋。

「但我還是繼續工作，不停對自己說，等下一個工作結束就去玩，卻不停延後退休時間。」

「你剛剛也說，這個工作是沒有退休年齡的。」

「我一直以為，今天結束之後還會有明天。」

和夫用鼻子嘆了口氣。

「我深深相信，明天永遠都會到來，明明都已經七十歲了。以為才不過七十，但也已經七十了。如今回頭看，人生其實相當短暫。」

小雪打直背脊，挺出牠圓圓的腦袋，彷彿在說摸摸牠的頭吧。和夫動作自然地伸出手，他一攤開手掌，小雪小聲叫了一下。一副陶醉的表情，微微張嘴，努力打直背脊，不停地用腦袋磨蹭和夫的掌心。

小雪藉勢翻肚躺了下來。

「哎呀。」

和夫看向千鶴。

「似乎交涉成功了，小雪對我說『就讓我把身體借給你吧』。」

「喵！」

小雪露出牠毛茸茸的肚子，活力充沛地回應，接著稍稍回頭看了千鶴一眼。

幹嘛——？

就在千鶴不明所以歪著頭時，小雪哼了一聲，抬起牠毛茸茸的尾巴用力甩了一下。

「我感覺牠似乎對我有所不滿耶。」

千鶴如此抱怨，和夫卻微笑地說：

「妳猜對了。」

真是的。

那本貓咪雜誌上也寫了，貓咪不高興的時候會甩尾巴。不同於和夫，小雪對不懂自己想說什麼的千鶴很不滿。

「雖然很失禮，但我有件事要拜託妳。」

和夫端正坐姿。

「可以請妳把我妻子孝子帶來這裡嗎？我會來府上叨擾，是為了要向小雪商借身體進行『貓語』，最後請讓我再和孝子說一次話。」

聽說和夫家就在這附近，步行大約十五分鐘。

小雪看著千鶴，牠的眼睛正在說：「妳應該不會拒絕吧。」

5

當天傍晚。

我在起居室等待時，千鶴回來了。鑰匙插進玄關大門之前，我聽見腳步聲接近。有兩個。我心跳加速——有這種感覺。實際上心臟早已停止跳動，這還真奇妙呢。

門打開了，有兩個腳步聲朝這邊接近。

「請進。」

這是千鶴的聲音，跟在她後面的腳步聲，微喘的氣息。我自然地豎起耳朵，想要尋找聲音的主人。我起身，在看見她的身影之前，我已經知道她是誰了。

孝子——

我無法壓抑雀躍的心情，站起身來。身穿米色大衣的孝子在千鶴帶領下現身，我稍微興奮了起來，我想要立刻對她說話，卻驚覺——嬌小的孝子，她的臉離我好遠，即使我拚命伸長脖子也無法靠近，這讓我好心急。在我眼前的，是包裹在膚色褲襪中孝子的小腿。對啊，我現在在小雪的身體裡。

不久前——

我把鼻子貼在小雪的肚臍上，在我感受到陽光氣味的下一個瞬間，眼前突然出現一片白紗。一段時間內，我被包圍在鬆軟溫暖的東西裡，接著視線突然變低。

看事物的感覺變了，映入眼簾的是模糊的景色，地板好近。人用貓眼看世界原來是這副模樣，缺乏色彩且視線比想像中還低，這讓我不知所措。

小雪抬起頭，我看見孝子。大概事前已經聽千鶴大致說明，孝子相當冷靜。她脫下大衣，摺好抱在胸前站著，與之相對的千鶴舉止很詭異，一臉不知所措地四處張望。

「奇怪了，剛剛明明還在的啊。」

千鶴用力歪著頭，發出十分不安的聲音。

「飯田先生，你在哪裡啊？」

我對她揮了揮手，但千鶴一臉焦急地走出走廊。她沒發現我已經在小雪的身體裡。千鶴是第一次當中間人，根本搞不清楚狀況吧。這樣真是傷腦筋，不知她上哪去了，遲遲沒有回來。

在我走投無路時，一個影子落在我面前。我抬頭一看，孝子正低頭看著我。貓咪晚上看得很清楚是真的，起居室的窗簾拉上，室內有點昏暗，即使如此我也清楚看見了孝子的臉。

「孝子。」

喊著她的名字，但她沒有反應。

「孝子，是我。」

我又再喊了一次，但果然還是沒有回應。但我沒有錯過她嘴角正在發顫。

「——老公。」

「沒錯，孝子，是我。」

她的眼眶盈滿淚水，轉眼間滿溢而出。連稀疏的睫毛前端也沾濕了，孝子慢慢地跪在地板上，臉朝我靠近。

看著孝子的眼睛，我終於理解了，倒映在她水汪汪的淚眼中，小雪——我就在小雪清澈的眼裡。

「你竟然在這麼可愛的地方啊，在你開口喊我之前，我都沒有發現。」

孝子用力「呼」了一口氣，用雙手壓住胸口。孝子用她的方式故作冷靜，果然是對我的突然現身感到手足無措。如果立場反轉，我肯定也會嚇到腿軟。真了不起，孝子立刻接受了眼前的狀況。

「話說回來，你變得真是可愛耶，到底怎麼啦。」

她雖然紅著一雙眼，卻開始不斷調侃我。

「不要再可愛、可愛的說個不停啦，為了要和妳說話，我請這位靈界知名的小雪把身體借給我用。因為我在鬼魂的狀態時，不管喊了多少次妳都聽不到。

千鶴小姐是中間人。」

「這樣啊。」

孝子悶聲回應，她跪坐下來把臉靠近我。

「是這隻貓對吧？小雪，非常感謝妳把重要的身體借給我先生使用。」

孝子規規矩矩地道謝。

「妳不太驚訝耶。」

「我當然很驚訝，沒人想得到，你竟然會出現在貓咪的眼睛裡嘛。但比起驚訝，我更多的是開心，好像在作白日夢。但不管什麼都好，是夢也好，是幻覺也好。」

和夫心想，孝子一點也沒變。

死去的丈夫從貓眼喊她，即使遇到這種世上罕見的怪奇事件，她基本上也是用悠哉的態度面對。她從以前就是這樣，總是比我還要大膽，完全無條件地接受我所說的話。

啪嚓。

眼前的景色有一瞬間中斷了一下，是小雪眨眼了。

「貓語」持續的時間只有七次眨眼的時間。小雪借出身體時這麼說過，還特別交代太亮會刺眼，眼睛要瞇起來，所以要在暗一點的地方見面喔。

剛剛是第三次眨眼。一想到已經消耗將近一半的時間就讓我焦急，要說什麼呢？

回到起居室的千鶴跑了過來，她看見孝子跪坐在地板上，訝異地把臉湊過來。

「啊！」

看著我——正確來說是看著小雪的臉驚呼，她相當驚訝地小聲說：「出借身體是指這麼一回事啊……」接著驚覺到什麼似地往後退，在遠離我們一段距離的地方坐下來。大概是體貼我們，不打擾我們夫妻重逢吧。

我對千鶴一鞠躬，從小雪的眼中抬頭看著孝子。真的是孝子，我正在和孝子說話。光是這樣就讓我胸口一熱。

「你說有話想對我說，是什麼啊？」

「不，這是我要問妳的。」

孝子嚇了一跳。

「最後一天早上，妳不是有話要對我說嗎？」

「是這樣嗎？」

孝子似乎不記得了，她輕輕歪著頭。

「想不起來了嗎？就是我在玄關穿鞋那時候啊。」

「是什麼來著啊，哎呀，我最近常常一下就忘掉了，年紀大了都會這樣。」

孝子垂下了眉尾。

「比起這個，老公，謝謝你來見我。」

「要道謝的是我才對。對不起，妳肯定很慌亂吧。事發突然，準備喪禮等等的應該非常辛苦吧——」

「那種事情沒關係啦，又不是你想怎樣就能怎樣的。」

「但是，要是我死得更正經點就好了。」

「討厭啦，正經的死法是什麼啦。」

「當然是猝死以外的方式啊，尋常地住院，然後慢慢地衰弱，妳也能做好心理準備。」

「哎呀呀。」

笑容在孝子臉上綻放開來，我就是想要看見這張臉，我的胸口更熱了。

「你真溫柔，真是的，別惹我哭啊。我在喪禮上可是很努力忍耐的耶。」

她的眼角浮上了新的淚水，孝子語尾的聲音開始顫抖。

「對不起，我沒有這個意思。話說回來，我一點也不溫柔，現在也只是因為嚇到妳，讓我覺得很對不起妳。」

我慌慌張張補充解釋。

「是啊，我很清楚，但病死也不見得好，我想，我看見逐漸衰弱的你也會很痛苦。」

「是這樣嗎，但果然還是很對不起妳。我在辦公室倒下，沒有和妳道別就死掉了——」

傷腦筋。孝子一點也沒變，就算頭髮變白、臉上出現皺紋，內心還是跟我認識她的時候一模一樣。

「如果因為生病退休，你應該會很不甘心，這樣反而最好。」

「是這樣嗎？」

「是呀。」

「我很感謝妳。」

我打從心底這麼想，為什麼時至今日都沒有說出口呢？

「因為有妳，我有了很棒的人生，也能盡全力工作。賢也獨立自主過得很好，我沒有任何遺憾了，真的很感謝妳。」

可以和孝子成為夫妻太好了，我這樣頑固的男人勉勉強強也能活得這麼幸福，全因為我有個能幹的妻子。

「可以聽到你這樣誇獎我，身為妻子太有成就感了。」

孝子用她的小手摸著臉頰。

「不是場面話，因為有妳，我才能走到今天。」

「那是你自己的努力。」

「不，我沒有那麼厲害。老是工作根本不顧家庭，小孩的教育也全丟給妳。完全不曾和妳說過我在做些什麼工作，妳應該很寂寞吧？」

「沒關係啦，就算你跟我說，你工作上的事我也不懂呀。」

孝子笑瞇著眼睛搖搖頭。

她這個笑容拯救了我。

「不，即使如此，要是有對妳說就好了。當然得遵守保密條約——但只要不提及詳細內容也能談談我的工作。即使是夫妻，不對，正因為是夫妻，所以才得持續交流溝通才行。沒做到這件事是我的怠慢，我是個不及格的丈夫，死了才發現這件事。也為了向妳道歉，我才請小雪讓我和妳見面。」

就在此時，啪嚓。

這是小雪第四次眨眼，只剩下三次。

「總覺得你今天說話真快。」

「抱歉，我很著急，因為只要小雪眨眼七次就結束了。」

「是這樣喔？」

就算我再急躁，孝子仍悠哉地回應我。

真是的，如果還活著，我早就不耐煩了。但我現在只有滿心感謝，光是看著孝子的臉就讓我充滿感動。為什麼沒有花更多時間陪她呢？死了之後才無比後悔，但死後才來後悔也已經太晚。

只要想到家裡有孝子，我就能安心交給她，即使我不在也沒問題。正因為如此信賴對方，我才會在家以外的地方度過大部分時間，直到死前我都深信這是正確的生存之道。

我擅長刑事事件，其中也有不少血腥的案件，也不適合說給在溫室中成長的孝子聽。除此之外，民事上也處理過因金錢造成的血親糾紛等案件。大多都是演變成這種場面才會找律師，我真的不想要把這些討厭的話題帶回家中。

我一口氣說完這些理由後，孝子揚起了嘴角。

「我很清楚喔。」

「我原本以為能活更久的，八十五歲，至少覺得可以活到八十歲。因為我父親很長壽，我就太過自信，覺得自己也沒問題。但這種想法根本沒什麼根據，但我真的如此相信。想著退休之後要再和妳一起去旅行，我們以前曾帶著賢一起去下田對吧。」

「那時玩得很開心呢。」

孝子露出了懷念過去的表情。

「那天的飯糰，非常好吃喔。」

「雖然我做得有點多。」

「那樣才好，比起不夠吃，便當就是要吃不完才好。話說回來，賢有偶爾回家看妳嗎？」

「哎呀，他喪禮上也在啊，我們還一起去火葬場呢。」

「笨蛋，那不是當然的嗎。」

我不禁笑了出來，只要和孝子在一起，我都能適度放鬆心情。現在明明在講自己死掉的事耶，我還能笑得出來。

「但那之後就沒見了，那孩子很忙啊，就跟你一樣。」

「即使如此，也能抽時間回家看看媽媽吧。」

「明年盂蘭盆節應該會回來吧，是你的第一個盂蘭盆節。」

「那還很久耶，我不放心讓妳一個人在家裡，妳叫賢搬回家一起住如何？」

把想到的事情一口氣全說出來，至此眨眼的間隔也變長了，我知道小雪正努力忍耐。只不過——啪嚓，這是第五次了。

「那孩子也有自己的狀況啊。」

「什麼狀況啦。」

「他說他手上有個很重要的專案，第一次當上專案組長，他似乎卯足了幹勁。上星期也在電話裡——」

我打斷邊回憶邊說話的孝子，機關槍似地繼續說：

「我不知道他的工作有多重要，但忙不過來就表示他還是半吊子。時間是可以擠出來的。」

孝子一臉努力忍笑的表情。

「嗯，我也沒資格說賢啦。」

我吐了一口氣想要冷靜下來。

「對不起。」

拜託。我祈禱著。希望能再給我多一點時間，我還有好多話想說。

「為什麼道歉？」

「因為我老是打斷妳的話。」

在事務所昏倒那天——

我一大早起就忍著頭痛，在玄關彎下腰穿鞋時感到一陣暈眩，甚至還想吐。我有感覺到身體明顯不適，但更焦急會延誤工作，因此才會對想跟我說話的孝子態度不好。

「我想起來了。」

孝子突然拍手。

「就是那個。」

她滿臉笑容指著我。

「你現在身上的那套西裝。我那天想要跟你說，你平常訂製西裝的店通知說，新的西裝做好了。」

啪嚓。

小雪第六次眨眼，下一次是最後一次，真的沒時間了。

「真棒呢。真不愧是狠下心拿大錢、用好布料做出來的衣服呢。」

聽她這麼一說，我現在身上穿的是新做好的西裝。大概因為總是用同一個版型做衣服，或者因為我把衣服全交給孝子作主，竟然合身到連我沒有發現。

「因為你說這場官司很重要，我想要討個吉利，就訂做了比平常更高級的西裝。我也想說，你接下來還會繼續努力工作嘛。」

孝子感慨甚深地說，然後看著我。

「真是適合你，我希望你可以在天堂穿，所以替你放進了棺材，沒想到竟能看見你穿在身上的模樣，就跟做夢一樣。你最後還回來了一趟呢，我好高興——歡迎回來。」

孝子用帶淚的聲音如此說著，此時全身不停顫抖、拚了命忍耐的小雪——啪嚓。眨了最後一次眼。與之同時，我的眼前一片黑。

（我回來了。）

不知道最後一句話有沒有說出口，我的意識就這樣中斷了。

6

和夫從小雪的眼中消失之後，孝子才終於放聲大哭。

她顫抖著纖細的肩膀，雙手摀住臉。

小雪一步步走到孝子身邊，輕輕靠在她身旁。

「小雪——」

孝子伸手想摸小雪的頭，小雪舔舔她的掌心。

「謝謝妳喔。」

孝子嗚咽說完，用力擁抱小雪，千鶴也跟著吸鼻子。為了不打擾兩人講話，她從剛剛一直努力忍耐著，但終於忍不住了。淚水從眼角滑落，轉眼間濕潤了臉頰。

真是一對好夫妻呢。

千鶴能夠想像，兩人一路走來的過程有多麼寶貴，和夫是個工作狂，他很後悔自己老是不在家，但可以清楚感受到，孝子相當肯定丈夫的生存之道。

千鶴心想，孝子年輕時肯定是個相當可愛的女性，雖然她化著淡妝、身穿樸素的衣服，但她靈動的眼睛給人留下深刻的印象，笑容也充滿活力。

千鶴泡了柚子茶，請跪坐在地板上的孝子到沙發上坐。

「請用。」

千鶴拿冰箱裡的柚子果醬泡茶，嚎啕大哭之後，不要喝太刺激的飲料比較好。千鶴非常喜歡每次回來這個家時，外婆泡給她喝的甜甜柚子茶。

「好好喝，真讓人放鬆。」

孝子雙手捧著茶杯吐了一口氣。

「今天非常感謝妳過來。」

「要道謝的人是我才對。沒想到竟然有這種事，雖然實在太不可思議，讓我嚇了一跳，但多虧有妳，我才可以再見到丈夫一面。」

「沒有，我什麼也沒做。」

「要是對賢說這件事，不知道他會不會相信。」

「應該有點困難吧。」

兩人一起呵呵笑。

「啊，除此之外，可以請妳別對外人說起這件事嗎？我突然變成中間人也很不知所措，但我想了想，如果謠言傳開了可能會引起騷動，或許還會造成街坊鄰居的困擾。但若是說給妳兒子聽的話倒是沒關係。」

「是的，我不會告訴任何人。我也想要把這件事珍藏在心中。」

孝子說完後，雙掌壓著胸口。

但話說回來，還真虧她願意相信。突然有人找上門對她說「妳過世的丈夫想要見妳」耶，這比無良的推銷員還要可疑，但孝子並沒有趕走千鶴，不僅聽她說話，還跟著她來到這個家。

「請問，妳為什麼願意相信這種超乎常理的事情呢？」

雖然多虧這樣才得以實現和夫的願望，但也讓千鶴有點擔心。丈夫過世後，孝子一個人獨居。這次也就算了，如果她太容易相信陌生人，應該會很危險吧。

孝子大概理解千鶴為何會如此擔憂，於是放下杯子說：

「妳是不是覺得，我是個容易相信別人的老太婆？」

「沒、沒有，我完全沒——」

「妳還真老實，臉都紅了。」

千鶴慌慌張張地摀住臉。

「別擔心，我也是長年守在家裡的人，就算上門的是看起來正經八百的年輕小姐，我也不會那麼輕易相信。我當然也確實懷疑過妳喔。」

「就是說嘛，不好意思。」

「因為我看到妳畫的畫，所以才想要跟妳走。」

「啊……」

上門拜訪時，千鶴拿著畫一起去。是她聽完和夫的回憶之後，急忙用鉛筆畫下的速寫。只是靜靜聽完太可惜，所以就拿出隨身攜帶的Ａ５素描簿，用整頁的篇幅畫了下來。

握住兒子的手教他踢水的和夫、待在遮陽傘下的孝子、用鋁箔紙包起來的大量飯糰和水壺；三人被太陽曬紅的臉、在浴室裡跳來跳去的賢、手拿貝殼音樂盒微笑的孝子；還畫了三人在回程電車上的睡臉。雖然和夫沒說起這件事，但千鶴自然而然地想到盡情享受家族旅行後，三人累到舒服酣睡的模樣。

「這是沒人知道的往事，而且妳好會畫畫，就跟我貼在相本中的照片一模一樣。這教我如何能夠不相信，而且我先生還說了海水浴場的事，對嗎？」

「他說那是他最幸福的回憶。」

「這樣啊。」

孝子點點頭。

「那次旅行確實很開心。」

「對妳來說也是最棒的回憶嗎？」

「要我排名有點困難耶。」

孝子用懷念過去的表情坦白地說：

「我先生是個熱愛工作的人，待在家裡的時間很少。但我一開始就知道他是這種人，卻還是選擇了他，所以一點也不介意，只要知道不管多晚他都一定會回家，等待的時間也就不覺得痛苦。我的父親也是同行，我十分清楚那是很忙碌的工作。就算不去旅行，也有不少愉快的回憶。」

「是這樣呀。」

「而且，他是個很省事的丈夫喔，不管煮什麼菜都吃得很香，對衣服也沒有太多意見。」

「那套西裝相當適合他呢。」

「都是委託固定的店家替他訂製的，為了可以替換，會用同一個版型做好幾套。因為很快就穿壞了啊，大概因為丈夫很會流汗吧，他回到家也一定要用衣刷清理。」

千鶴也有西裝外套，但從來不曾用過衣刷，更準確地說，她連衣刷也沒有，對孝子如此說完後——

「哎呀，刷衣服很重要喔，沾染汗水和灰塵變縐的西裝，刷完後也會重新恢復筆挺喔。」

孝子告訴千鶴：

「他累的時候汗臭味也會變重，經手困難的案件或開庭時間接近時就特別明顯。這種時候就要把西裝掛在通風處讓它休息，這樣才能穿久一點。」

即使什麼都不說，孝子也知道和夫工作的狀況。透過替他整理穿了一整天的西裝，來理解丈夫的辛苦。

她好像非常幸福喔——

千鶴在心中對消失在小雪眼中的和夫說，但他或許已經聽不到了。

「如果妳不介意，可以把那個海水浴場的畫送給我嗎？」

「當然沒問題。」

千鶴表示連同其他的畫作，等上色完成之後，過幾天就會送給她，孝子相當開心。千鶴打算到時還要加上一張兩人剛才的畫面，穿上新西裝的和夫，以及陪在他身旁的孝子。牽手度過漫長歲月的兩人一起展露笑容，千鶴想畫下這一幅畫。

「哎呀呀。」

孝子看著身邊笑了出來。不知不覺，小雪已經縮在沙發角落睡著了，牠閉著眼睛，前腳很規矩地交疊，模樣簡直就像過年拜神的麻糬[5]。

「牠很累了吧。」

聽說把身體借給鬼魂相當耗費體力，雖然千鶴不清楚是怎樣的狀態，但在和夫說話期間，小雪睜大著眼睛全身不停發抖。和夫說，「貓語」只能在七次眨眼睛的時間中施行。小雪肯定為了能讓和夫和孝子多說幾句話，努力忍著不眨眼。

這孩子真棒——

想要犒賞牠的努力，但牠只喜歡無脂優格而已嗎？想知道小雪還有沒有其他喜歡的食物，等桔平恢復之後去問問他吧。話說回來，關於「貓語」等疑問，還有很多事情要跟桔平問清楚才行。千鶴目送孝子離開。

走到屋外時，從重雄家飄來了咖哩的氣味，千鶴的肚子開始「咕嚕嚕」響，她墊起腳來可以看見圍牆的另一頭，窗戶開了一個小縫，那邊是廚房嗎？

之所以會肚子餓，或許是因為一大早就被廣播體操吵醒，而且也好久沒這樣到處走動的關係。真好，我也好想吃，來去超商買好了。當她這樣想的時候，聽到了奇怪的歌聲。

「蘋果和蜂蜜～」

走音的哼唱聲讓千鶴差點噴笑出來。

5 麻糬是日本過年時不可或缺的食物，將大小兩片扁平圓形的麻糬疊起來就成為「鏡餅」，是用來供奉神明的神聖食物。

「喔，是千鶴妹妹。」

窗戶猛然用力打開，重雄探出頭來。

「你、你好。」

千鶴頓時收起表情，露出陪笑的表情。

「妳出來的正是時候，我咖哩快要煮好了，要不要一起吃？」

「謝謝你，但我肚子很飽。」

「妳不用客氣啦，我煮了很多。」

重雄從窗戶那頭對千鶴招手，看起來好像一隻頂著達摩臉的大招財貓。自己並沒有客氣。千鶴非常喜歡咖哩，但她和重雄之間的關係還沒有好到可以一起吃飯。而且她看到重雄就會想起瀨川編輯，用餐時若是一直沉默不語反而失禮。

「謝謝你，請改天再約我。」

「這樣嗎？」

重雄雖然一臉遺憾，但也讓步了。

「那我下次再問妳囉。」

窗戶關起來後，千鶴湧上一股浪費又可惜的心情。明明是自己婉拒的，這種感覺真是奇怪。

知道重雄雖然長得很兇惡，卻是個好人。因為和桔平關係良好，他才會對桔平外甥女的千鶴說話吧。如果他下次又邀約，到時如果跟現在一樣肚子餓了，就接受他的招待吧。

打開玄關的門，千鶴脫下鞋子。

屋內悄然無聲。小雪還在午睡嗎？或是因為還沒有對千鶴敞開心胸呢？話說回來，在主人桔平不在的家中，給人一種生疏的感覺。推開門後感到一股遺憾的心情，千鶴決定立刻去畫答應要送給孝子的畫，想趁著記憶還很鮮明時上色。

對了，顏料——

千鶴只有從自己的家裡拿來鉛筆，而且速寫的草圖也是畫在素描簿上。如果要送給孝子，她想要畫在正式的畫紙上。千鶴走上二樓，來到桔平的房裡。雖然已經退休了，但桔平身為美術老師，肯定有畫紙和顏料，如果能馬上找到就先借來一用吧。

千鶴這樣想著拉開了書桌抽屜，發現一本古老的書籍。

「這是什麼？」

泛黃封面上有褪色的墨水痕跡，上面寫著「貓語」。

千鶴驚訝地翻過來，封底畫著貓咪的畫。圓滾滾的白貓。貓咪躺在緣廊上，圓圓的眼睛看著這邊。整體是用細筆畫出來，只有眼睛上了淡淡的顏色。

右邊黃色左邊藍色，這不就是小雪嘛！

千鶴坐在地板上攤開書籍，上面的字是有點草寫的行書體，而且還是古文，沒辦法很容易讀懂。但千鶴從以前就對浮世繪有興趣，也解讀過其中的文字，所以比一般人懂一點。

她最先掌握的是關於「貓語」的事情，以及成立背景與規則等事項。之後，千鶴要聚精凝神、絞盡腦汁才好不容易能繼續讀下去。

「貓語」誕生於江戶時代。

據說是從歌川國芳[6]的父親，經營染布店的柳屋吉右衛門養的貓開始的。

白色母貓，右眼黃色左眼藍色，是很罕見的金銀眼母貓。名叫阿福。

自古以來就有金銀眼貓能帶來好運的說法，所以才會取這個名字。

聽說吉右衛門非常疼愛阿福，和妻子常常因為貓的事吵架。

聽說「貓語」就誕生在吉右衛門過世的時候。

吉右衛門在和妻子吵架中心臟病發過世，他捨不得把阿福留在世上離去，想著有沒有什麼方法能帶阿福一起走，於是依依不捨地在家裡周遭徘徊。

當他在自己的守靈夜溜進家中時，看見妻子在哭。妻子不斷自責，認為全因為自己嫉妒阿福，老是數落丈夫才會害丈夫這麼早死。

看見妻子這副模樣，吉右衛門才終於感到後悔。他穿著往生者右襟在上的浴衣打扮，貼在妻子的身邊說：「對不起，對妳很冷淡，原諒我吧。」妻子也沒發現。想拍她的肩膀手也會穿透，不管多麼熱切地說話，妻子都聽不見吉右衛門的聲音。早知道事情會變成這樣，就該更珍惜妻子才對。他十分清楚一切都太遲了，但好想對妻子道歉。如果不告訴妻子，他不只愛阿福，也非常疼愛妻子，他就沒辦法放心前往另一個世界。

乾脆放棄前往另一個世界，留在這個世界遊蕩直到妻子過世吧，就在吉右

6 一七九八～一八六一，日本江戶時代的浮世繪師，也因為愛畫貓而出名。

衛門下定如此悲壯的決心時，阿福竟然走了過來。

人家說貓咪看得見鬼是真的耶，而且還會說人話。

（你要是這麼想不開，真的沒有辦法前往極樂世界喔。）

阿福對著哭泣哽咽的吉右衛門如此說道。

（為了感謝你那樣疼惜我，我把我的眼睛借給你吧。）

阿福對吉右衛門說，在眨眼七次的時間內，可以讓他出現在自己的眼睛裡，讓他與生者對話，接著仰躺在地板上，露出牠鬆軟的肚子——

斷斷續續地專注閱讀，不知不覺過了好長一段時間。

千鶴把書收回抽屜中，走下一樓。走進起居室時，小雪正在理毛。牠高高抬起胖嘟嘟的後腿，用粉紅色的舌頭舔毛。越看越覺得牠好可愛，真的就像一隻會動的布偶貓。這只能相信了，因為剛才看見的和夫與孝子之間的互動，就跟桔平房裡那本書上寫的一模一樣。

小雪是阿福的後代吧，同樣白色母貓，且同為右眼黃色左眼藍色的金銀眼。

摩那可也是阿福的後代，但不僅異色瞳本來就相當罕見，最重要的是小雪繼承了「貓語」的能力。若非如此，怎麼可能辦到讓鬼魂附身自己身體的技藝。牠是以貓咪繪畫聞名的歌川國芳父親養的貓後代，這真是太驚人了。

「我突然有辦法和鬼魂對話，也是因為妳在我身邊吧？」

和夫說選擇權在小雪手上，如同牠選擇要把身體借給誰，中間人也是小雪選擇的吧。

小雪雖然稍微瞥了千鶴一眼，但牠沒有停止理毛。即使和牠面對面，牠也沒有打招呼的意思，對牠冷淡的態度千鶴也只能苦笑。

回到這個家的不是桔平而是千鶴，小雪的態度雖然不怎麼歡迎，但也平靜地待在沙發上，至少沒有想要逃跑。但就在千鶴想在牠身邊坐下時，貓拳卻隨之揮了過來，柔軟的肉球重重打在千鶴的手上，彷彿很不高興地表示：「打擾我理毛，妳也太沒禮貌了。」

這孩子真難搞，和給飯田先生看見的模樣真的落差太大。

但是算了，稍微有點進步了，千鶴自認今天這樣已經很不錯了。和第一次見面時躲得無影無蹤相比，彼此已經多少拉近了一點距離。接下來的這段時間，請多指教囉。

第二話

我的家人

1

「砰、砰」，千鶴聽見奇怪的聲音醒過來。

房間外傳來輕微的腳步聲。

傷腦筋了。千鶴抓住棉被邊緣，該不會有人……不對，是又有鬼跑進家裡來了吧？

立鐘上的時針剛過六點，因為昨天也想了許多事情很晚才就寢，身體仍殘留著睡意。雖說如此，既然察覺了這個聲響，就沒辦法繼續睡下去。

會不會太早了一點——

心中不禁湧上不滿，但既然對方找上門了，就得見一面，聽他說話。明明心中是這樣想的，卻遲遲無法離開被窩。畢竟還是會覺得害怕啊，雖然先前上門的飯田律師是溫良的紳士，但下一個不見得如此，甚至還可能是惡靈耶……突然越想越覺得害怕。

沒事。千鶴在心中低語。

即便是鬼魂，但原本也是個人類，所以肯定能溝通的……應該吧。好！做好覺悟，拉開紙拉門，白色的貓孩子出現在眼前。

牠一臉不滿地抬頭看著千鶴。

「小雪。」

鬆了一口氣地喊著牠的名字，小雪甩一甩鬆軟的尾巴做回應，此時聽見那個「砰」的聲響，千鶴頓時放鬆，全身無力地癱軟在地。什麼也沒有，是小雪尾巴打在地板上的聲音。這真是名副其實的疑心生暗鬼呀。

「真是的，妳別嚇我嘛。」

千鶴嘟起嘴來，但小雪沒有回應。牠只是睜大了異色的雙眼，直盯著千鶴。

「幹嘛啦。」

小雪好像在生氣。牠用尾巴拍打地板的動作，給人一種「妳為什麼沒發現！」的感覺，因為語言不通無法理解牠的心情，這種時候真令人傷腦筋。

「舅舅已經起床了嗎？」

住院通常都會很早起，就在千鶴想著「他應該也很早吃早餐吧」的時候，這才發現——

小雪跟在她後面走。

「對不起、對不起，妳肚子餓了對吧。」

發出聲音似乎是為了叫醒千鶴。桔平還在家的時候，大概都是這個時間餵牠飼料的。昨天之前小雪都在忍耐，千鶴對此感到不可思議，或許是牠很乖巧體貼吧。但在明白千鶴似乎會就此住下來，也開始維護起自己了吧，應該是這麼一回事。真愧疚，讓牠忍耐了。

小雪第一天還躲躲藏藏地完全不現身，但經過十天左右的現在，已經理所當然地在千鶴身邊出現。雖然不願輕易讓千鶴撫摸，但靠近牠也不會逃跑，牠已經稍微習慣千鶴了。如此一來，即使開始控訴不滿也覺得牠好可愛。

小雪想表達的意思是，「如果要暫時住在這個家裡，就要跟桔平一樣好好照顧我。」就是說啊，得好好照顧牠才行。飼料收在流理臺下方。千鶴迅速洗好飼料碗，從上蓋的大玻璃瓶中倒出飼料，再秤好重量放進碗中，此外還倒了一小碟無脂優格。

「好了，請享用。」

這樣一來牠願意息怒了嗎？千鶴邊如此希望，邊遞出飼料。

「嗯？」

小雪只是稍微聞聞味道卻不願意吃。

（不是這個。）

牠的表情彷彿這麼說，還甩甩尾巴。

但千鶴也有話要說。

「妳昨天之前都是吃這個飼料的吧？」

明明都有吃光光啊，為什麼今天突然不吃了，千鶴完全不懂牠到底哪裡不滿。就連優格也是照舅舅的交代，給牠無脂優格耶。到底哪裡不行？

「嗯唔——」

小雪發出了抗議聲，至少聽起來不像在撒嬌。

傷腦筋了，竟然碰上貓咪挑食。當碰到不喜歡的飼料時，就算肚子餓也不願吃上一口，這是貓咪獨有的難搞習性。

這種時候舅舅會怎麼做？如果牠不吃飼料，是要餵牠零食嗎？還是丟著不管等牠自己吃？千鶴自己一餐不吃倒無所謂，但身體嬌小的貓咪應該無法與自己相提並論。

因為無法判斷，千鶴決定緊急去醫院探病。也有很多事情得問桔平，不只小雪，連中間人的事情也要問得更詳細，光憑那本書裡的說明，還有很多不清楚的地方。

但舅舅現在有辦法說話嗎？

心中閃過住院中桔平的病況，幾天前去探病時的狀況不太好，為了不讓他浪費體力，千鶴很快就離開了。

千鶴站起身，打開煤油暖爐，雖然暖爐的火要一段時間才能點燃，但溫暖程度卻完全不同。在這邊住了一陣子才發現，十二月的現在，木造房屋無法防禦冷空氣。只穿睡衣感覺會感冒，所以多披上一件外衣。

對方是病患，如果自己不健康也無法去探病。母親住院那時也是如此，千鶴如果感冒就會被禁止探病。回想起當時的事情，雖然早已過去了，卻讓千鶴一大早就不安了起來。

小雪仍然不願意吃飼料。

「妳還真頑固耶～啊！」

明明肚子餓還堅持己見，千鶴想摸摸牠的頭討牠歡心，卻被牠閃開，小雪還順便用尾巴打了千鶴的手，接著轉頭離開起居室。彷彿表示已然放棄千鶴了。什麼嘛，我也很擔心妳耶。

到底要到何時才能彼此心思相通呢？需要花時間才能建立起好交情，這點好像跟人類一模一樣。當千鶴如此思考時，外頭傳來廣播體操的前奏。

真是的，聲音還真大。

隔壁也有個早起的人。健康的旋律讓人感覺自己不安到跟一個蠢蛋沒兩樣，千鶴不禁苦笑。只要住在這個家，大概無緣過上住公寓時那種熬夜、甚至徹夜不眠的生活了。

正午過後從醫院回來時，千鶴在路上遇見重雄。

「喲！」

他發現千鶴後舉起一隻手，他穿著黑色鋪棉的尼龍長大衣，圍著紅色圍巾，總覺得有點像安東尼豬木[7]，雖然稍顯花稍，但大鼻子大眼睛的重雄也完全不輸這身裝扮。

「妳去醫院探病回來啊。」

「對，是這樣沒錯。」

「好乖喔，那麼狀況如何？」

重雄皺起他的濃眉。

「似乎已經安定下來了，現在已經離開加護病房轉入普通病房了。」

「這樣啊，那太好了，我很擔心呢。」

其實沒那麼好，症狀確實安定下來了，但今天也沒說上話，桔平吊著點滴在床上熟睡。

因為重度腎臟衰竭，要花上很長時間才有辦法出院。據護理師所說，主治醫生給出的醫囑是：無論如何都要讓他靜養才行。沒辦法，只好把乾淨的毛巾和貼身衣物留下，收拾好換下來的髒衣後就先回來了。

說明完情況，重雄卻一直盯著千鶴看。

「這樣啊，聽起來似乎也無法去探病。」

重雄應該不是在瞪自己，但被他這般直視著臉，有種遭到斥責的感覺。

「就是這樣，真不好意思。」

「不會，這不需要道歉啦。」

聽到重雄詫異的回應，千鶴頓時語塞。不知不覺又跑出來了，千鶴也覺得這是壞習慣。自從工作上開了太多天窗，造成許多客戶的困擾之後，讓她養成了開口先道歉的習慣。

「我覺得很不好意思，讓你擔心了。」

「不會，沒什麼啦，但確實很讓人擔心。」

重雄點點頭，露出嚴肅的表情。

7 一九四三～二〇二二，日本知名的職業摔角選手及綜合格鬥家，曾二度擔任日本參議院議員。

「但是啊，別焦急，和年輕人不同，得花點時間才能康復啦。」

「是的，就是說啊——」

「但是，病情惡化的速度也很慢，這點就讓人比較放心。」

重雄揚起大嘴兩側的嘴角，咧嘴笑著。

「是這樣嗎？就跟花時間才能康復一樣的道理？」

「康復慢是因為體力不夠，惡化慢則是不同的理由。年紀大了之後，細胞分裂反應也會變得不活躍，肌肉痠痛之類的也會來得很慢，對吧。年輕時晚則隔天，快一點當天就會感覺肌肉痠痛。但上了年紀之後，久到都快忘記了才會感覺到肌肉痠痛。」

「這我常聽說。」

「但我現在還是隔天就會痠痛啦。」

重雄滿臉笑容，嘴角揚得更高了。

「真厲害，證明你還很年輕呢。」

「沒有沒有，也沒那麼年輕。」

雖然重雄嘴上謙虛，但他的口氣透露出他的得意自滿。雖然重雄長得兇惡，但笑起來有點可愛，讓人容易親近。

「也就是說，慢慢等待就好了。一開始就做好很久才能出院的心理準備，就不會那麼焦急了。沒什麼啦，對每個人來說，疾病都是麻煩的敵人，得費盡千辛萬苦才能擊退啊。」

千鶴一時間傻了一下，她剛剛還想著重雄到底想說什麼，現在終於理解了，雖然有點拐彎抹角，重雄大概正在安慰她。從他低頭看自己的眼神中，可以窺見些許溫柔神色。

「謝謝你。」

千鶴很清楚疾病是個強敵。

回想起母親過世前的那段過程，現在仍讓她心情沉重。疾病非常棘手，結果也總是與我們的期待相反。即使如此，聽到重雄說年紀大病情惡化的速度也慢，讓千鶴心情稍微輕鬆起來。

「但是啊，鳥村先生還真是幸福呢。」

重雄深有感觸地說。

「有可以幫忙看家的親戚就能安心，這是最棒的良藥，家裡還有小雪嘛。」

「我只是來住在這房子裡而已耶。」

小雪不願和自己親近，實際上能不能幫上忙都自我懷疑，就連中間人的工作也是……

「但我覺得舅舅住院讓我比較放心，只要在醫院就能充分接受治療，也有人看顧，三餐也不會少。」

「而且還營養滿分。」

「真的令人感激，甚至讓我也想一起住院了呢。」

千鶴心中想著，只要在醫院，病情突然發作也會有人來救啊。

「千鶴妹妹，妳身體哪裡不好嗎？」

「沒有沒有，沒有不好，完全沒事。」

千鶴慌慌張張地笑著否定。

「我很健康的。」

還在心裡補充了一句：身體方面。

「那真是甚好。」

重雄看著千鶴的眼睛，用了一個稍顯困難的字詞，甚好……又不是演古裝劇。

「但即使看起來年輕，島村先生也已經年過六十了呀。還請轉告他，我希望他要考量一下自己的歲數，好好聽醫生的話，珍惜身體才行啊。等他出院之後，為了健康就要跟我一起做廣播體操——」

「我知道了，我下次去醫院時會轉告他的，那麼——」

正當千鶴想把話題告一段落時，重雄又開口了：

「話說回來，妳多少習慣這裡的生活了嗎？雖然是鄉下，但附近有大公園和好吃的肉舖喔。哎呀，那家店的炸雞塊真是極品，如果不介意，我帶妳去吧。」

「是這樣嗎？如果有肉舖我想買可樂餅，我最喜歡了。」

「可樂餅也很好吃喔，那家店的麵衣酥脆，吃了不會脹胃，要不然今天就帶妳去。」

「不用不用，沒關係，這太麻煩你了。」

雖然很好奇那間肉舖究竟有多好吃，但拜託重雄特地帶她去實在不好意思，改天自己再找機會去就好。

「哪裡麻煩，只不過我現在正好要出門，但一個小時就會回來。回來之後帶妳去如何？不用客氣喔。」

今天沒有特別的行程，頂多只是想來吸個地板而已。

「但你現在有事要出門吧。」

「別在意，沒什麼大事，只是要去拿藥而已。」

「拿藥？還說我咧，高井戶先生是哪裡不舒服嗎？」

「不是生病，我要去看骨科。」

大概顧慮到千鶴遲疑的表情，重雄慌慌張張地補充。

「受傷了嗎？」

「嗯，算是吧。」

才剛自豪說「隔天就會肌肉痠痛」，現在大概覺得有點尷尬吧，重雄此時變得有點難以啟齒。

聽重雄這麼一說，才感覺他看起來似乎護著腰，好像勉強自己挺直著背脊，總覺得他的站姿不太自然。

「妳看出來了嗎？」

重雄挑著眉毛說道。他的眉毛又粗又濃，動作相當明顯。

「該不會是閃到腰之類的吧。」

「喔，妳眼睛很利嘛。嗯，正確來說不是閃到腰，但腰的狀況不太對勁。」

「這豈不是很糟糕嗎。」

千鶴立刻擔心了起來，她曾聽說閃到腰連呼吸都會很痛苦，她差點就要請症狀相似的人幫忙帶路了耶。

「為了早日康復，請你好好靜養。」

「謝謝妳，但我也不能老是靜養啊。」

重雄語氣堅定地搖搖頭。

「家裡還有栗子在，我每天都得帶牠出門散步才行。」

「這麼說也是，為了可愛的栗子也沒辦法休息。」

養狗真的很辛苦，養貓就不需要去散步，這點真是太棒了。

「雖然有點痛苦，但不需要擔心，為了栗子我會用意志力治好的。」

重雄在胸前握拳的這個動作，看起來更像豬木了。大嗓門這點也很像，他該不會在模仿豬木吧？重雄不知道千鶴腦袋裡都在想著這些，他突然看著手錶「啊」了一聲，他預約骨科的時間可能快到了。

「那我先去醫院了，有機會再約妳到肉舖逛逛，去買可樂餅。」

「謝謝你，到時也要一起買炸雞塊。那請你路上小心。」

「好喔。」

重雄活力充沛地回應，鞠躬致意後便大步離去。

千鶴看著重雄可靠的背影不禁感到佩服，感覺他真的能靠意志力治癒病痛。

之前聽說他已經超過六十五歲了，真是會被他的飽滿元氣嚇到，真羨慕他有那種活力。

對了，不知小雪吃飼料了沒？結果沒辦法問桔平任何問題，千鶴此刻仍然沒有主意。如果小雪還是不吃飼料，是不是需要去買其他飼料呢？

「不好意思。」

邊思考邊走進桔平家大門的千鶴，正當她要打開玄關大門時，有人出聲喊了她。

轉過頭去，面前站著一個陌生青年。

「啊啊，太好了。」

青年看見千鶴後露出笑容。誰啊？我應該不認識這種大帥哥耶。

「我終於找到了，請問妳看得見我嗎？」

「啊！」

千鶴此時終於察覺到了。

「這裡很難找嗎？」

「與其說難找，不如說線索太少，所以只能在陌生的地區到處亂走，因此我也半信半疑，不知道是不是真的能找到。總之順利找到這裡，總算是放心了。」

青年眺望桔平的家，感慨甚深地說道，再把視線轉到千鶴身上，接著很不好意思地說：

「突然上門打擾很不好意思，請問妳現在方便嗎？如果不方便的話，我改天再來。」

「呃，那個，我還只是實習生，還搞不太清楚狀況，如果這樣也不介意的話——」

「當然不介意，啊啊，太好了。」

青年相當有禮貌。

他身穿格紋亞麻襯衫搭配米色的窄管卡其褲，打扮相當適合他。大概二十歲左右吧，面相柔和，好感度極佳。

但是，他不是活人。

他的身體呈半透明，腳上的運動鞋底部還稍微遠離地面，原來鬼也是有腳的耶。

2

老實說，我自己也嚇了一跳。

沒想到自己會像這樣，變成鬼魂跑來拜訪別人，活著時壓根沒想過會發生這種事。以前總以為死後就會歸於無，但話說回來，從來也沒想到會這麼早死。

但，這就是現實。

川本洋一死掉變成鬼魂了。

享年二十二歲。

當他在殯儀館看見自己的名字時大受衝擊，而且名字上方還加上「故」字。就在洋一呆傻著不知發生什麼事情時，有張熟悉的臉孔從他面前經過。大家都穿著喪服，表情沉痛且垂頭喪氣。他慌慌張張喊人，卻沒有人轉過頭來看他。他不知該如何理解這個狀況，就在他東想西想的時候，守靈夜結束了。

在那之後不知為何，洋一現在仍在人世徘徊。不對，實際上根本等同於不存在。沒人看得見他，說話也沒有人回應。此時，他終於發現自己變成了所謂的鬼魂。

但現在，眼前的這個女人是例外。這個人看得見洋一，出聲喊她之後，她轉過頭跟他對上眼，而且還能對話，肯定沒有錯。

洋一過世之後，從萍水相逢的老人口中得知「貓語」的存在，那位老人也和洋一一樣，沒有前往另一個世界，死後仍留在人世。但做完「貓語」之後，老人說他終於能前往另一個世界了。洋一雖然沒辦法立刻相信他，但他突然聽見不知何處傳來的聲音，接著費盡千辛萬苦找到這裡。環繞房子的青苔石牆上，嵌著寫上「島村」的門牌。圍牆內有漂亮的山茶花樹。洋一想著「就是這裡」便往裡面走去，然後就看見了這位小姐。

這還是他死後第一次與活著的人說話，簡直就像在地獄裡看見佛祖，甚至抱著攀住救命繩索的心情開口搭話。

轉過頭來的女人，有張宛若小動物的臉孔。圓圓的眼睛，幾乎沒有上妝；柔順的長髮自然地垂放在背後；身上穿著類似學生服的深藍牛角釦大衣搭配牛仔褲，腳上也穿著簡單的黑色短靴，但年紀應該比洋一大。二十五歲左右吧，也可能接近三十了。

洋一確定這個人就是中間人，也和老人口中還是實習生的訊息相符。

如果屬實，希望務必能讓洋一施行「貓語」，要不然這樣下去，他一輩子——雖然已經死了啦——都只能當個在現世遊蕩的鬼魂。

「話說回來，請問這個家裡有養貓嗎？」

「有喔。」

女人嘴邊浮現微笑看著洋一。

「請問那是眼睛很有特色的貓咪嗎？」

「是的，聽說叫做異色瞳。」

「果然沒錯，這裡就是『貓語』的家，對吧。」

「是的，請進。」

女人打開門，邀請洋一進屋。

房子裡頭很懷舊。

「打擾了。」

女人替洋一準備室內拖鞋，但彼此立刻露出尷尬的表情。

「不好意思，你沒有辦法穿。」

女人道歉後，兩人一起笑了出來。邀請突然上門的鬼魂進屋，還拿出室內拖鞋來，這份體貼讓洋一很開心。

「這房子真棒呢。」

洋一說完後，女人笑眯著眼睛。

「謝謝誇獎，這是我外祖父母蓋的房子，所以已經很老了。這裡住起來很舒服，我也很喜歡。」

聽完後的洋一也有所領會，難怪覺得這個家給人一種懷念的感覺。

雖然屋齡很大，但很乾淨。焦糖色的地板乾淨明亮，甚至能倒映出前方女人的身影。只是不見洋一的身影，而且也只有一個人的腳步聲。

短短走廊的盡頭是鋪上木質地板的起居室。

「請稍等一下，我想辦法把貓咪帶過來。」

女人開啟煤油暖爐的開關後走出起居室。

想辦法？洋一歪著頭，在等待女人時開始觀察起室內。

真驚人，好寬敞，感覺有將近十坪，坐北朝南只有大片落地窗，日照充足；牆邊擺著沙發，牆壁上掛著木框時鐘；家具很有年代，這反而讓人靜下心來。有一種鄉下——雖然洋一並沒有這樣的去處——祖父母家的感覺，讓人感到很舒服。

落地窗邊有個畫架，擺著還沒畫好的大畫布。草稿才畫到一半還沒有上色，但畫得相當棒，外行人也看得出來是很棒的作品。

是那個人畫的嗎？洋一稍微想了想，那人該不會是畫家吧？確實有那種氣質，除了她不追求流行的打扮，不與人群聚、獨自作畫的樣子，也讓洋一感覺很符合她的氣質。

家中很安靜，只聽見煤油暖爐「啪滋、啪滋」想點燃火焰的聲音，玄關前只有一雙女性的短靴。她在這個家中獨居嗎？若是如此還真是奢侈，洋一家的客廳連這個起居室的一半也沒有。

暖爐終於點著了，洋一家也是用類似款式的暖爐。因為外祖父文男說「開空調只會讓臉變熱，身體完全暖不起來」，雖然要頻繁加煤油很麻煩，但果然還是暖爐好。可以感受到火焰的溫暖，能從身體中心暖出來。寒冷的日子裡，回到家中打開暖爐，心情就會放鬆下來。只不過現在也無法感覺了，一切都只存在他的記憶中。

洋一死於火災，但當時的恐懼與傷痛已經和肉體一起消失了。明明嚴重燒傷，那些傷痕也已消失無蹤，洋一重回死前健康時的模樣。他也不清楚這是什麼機制，但幸虧如此才幫了大忙。再怎麼說，全身燒燙傷的樣子會嚇到人，很可能無法得到期望的應對。

女人回到起居室來，她懷中抱著一隻白貓，牠好像一團鬆軟的毛線，美得足以放上貓咪雜誌的封面。

「這孩子就是小雪嗎？」

洋一問道。

「對。」

女人看著貓咪點點頭。

「我叫做島村千鶴。」

「我叫做川本洋一，生前是消防員。」

「很辛苦的工作呢。啊，你該不會是因為工作的關係才過世的——？」

「沒錯，我搞砸了。」

大樓火災的滅火行動中，當他發現時已經被火焰包圍。雖然總算是把裡面的人都救出火場，但他一心救人，完全沒想到自己的退路。他是在自己的喪禮上聽說自己住院了好一陣子，不斷接受治療。

死了就沒辦法，也很難說沒有遺憾。大概是讀懂了他這種微妙的心情，千鶴輕輕點點頭，之後換了話題：

「川本先生，你想要拜託小雪幫忙施行『貓語』，對吧。」

「是的，希望牠務必幫忙。」

雖然心中總覺得這件事實在有夠荒唐，但千鶴自己說出了「貓語」，也讓洋一期待的情緒一口氣飆升。

說完從老人那裡聽來的「貓語」經驗之後，不知從何處傳來對他說話的聲音。

（你想要見誰？）

提問的聲音非常可愛。

（我是小雪，是貓，要不然，我出手幫你也是可以喔。）

牠說只要獻上布施，牠可以在牠眨眼七次的時間內出借自己的身體，聽說在這段時間裡可以跟活著時一樣說話。

聽到難以置信的「貓語」時，洋一並非真心相信這件事。能把身體借給鬼魂用的貓？肯定是都市傳說。人類就喜歡這種靈異怪談，就算死了也沒有改變，洋一頂多只有這種想法。

但這是怎樣，貓咪主動開口說話耶。突然死掉之後，洋一對這個世界仍有牽掛。他邊想邊環顧四周，不知為何卻不見說話的貓咪。

（只不過，要等你自己找到我家喔，有山茶花樹的老宅。）

那個口齒不清又臭乳呆的聲音，像在捉弄洋一般繼續說下去。也就是要洋一有本事就自己找出來。很好，洋一不討厭這種挑戰。從那之後，洋一便四處遊蕩，尋找有山茶花樹的房子。

這超乎預料的不簡單。

（不是那邊啦。）

明明聲音近在耳邊，卻看不見身影，所以……

（這邊、這邊。）

就算牠這樣說，要找出這邊到底是哪邊非常困難，洋一不知已在相同的地方來來去去繞了多少次圈圈了。

洋一認為自己被試探了，如果無法仰賴聲音找到牠家就會失去資格，無法得到施行「貓語」的機會。對鬼魂來說，讓他們能和活著的人對話，這種機會太值得感激，一定有許多想得到機會的鬼魂爭先恐後上門，所以才會透過這種方法篩選。

這孩子就是那個聲音的主人，這就是靈界有名的貓咪啊。被千鶴抱在懷中的小雪咬了她的手。真是淘氣，千鶴也苦笑著。但好可愛，小雪好像玩偶一樣，眼睛圓滾滾的，雪白的細毛尖端還捲起來；挺立的耳朵內側和鼻子是粉紅色的，這也讓牠看起來就像精緻的玩偶。

哦喔——

真是意外。說可以把身體借給鬼魂，洋一還想像是漫畫中會出現的貓怪呢。例如有兩條尾巴或看起來像是妖怪那樣……洋一擅自如此想像。

小雪就是隻普通的可愛貓咪，老實說，看起來不太可靠。

真的沒問題嗎？洋一瞬間產生懷疑，無法想像是要怎麼借用這麼小的身體，與活著的人進行對話。但是，嗯，鬼魂沒有實體嘛，總有辦法克服的吧。

小雪待在千鶴懷中直盯著洋一看。

（我還沒有答應要借你身體，可不是免費的喔。）

細嫩的聲音在洋一胸口響起。

「咦？」

洋一不禁直視小雪。

（如果你想借用我的身體，就要給我布施。）

對耶，確實聽說還要布施。這個聲音跟那時在胸口響起的聲音相同，彷彿正在責備洋一對牠的懷疑，並在絕佳的時間點對他說話。

小雪扭動著身體從千鶴懷中跳下地面，並朝洋一緩步走過來，然後停在他的膝蓋前仰起了頭，牠用宛若「好的，給我你的布施吧」的眼神，仰頭看著洋一。

此時，洋一才發現牠左右眼睛的顏色不同。右眼是黃色，左眼是藍色，非常美。彷彿要被吸進牠的眼中，看著看著令人無法移開雙眼。

「布施對吧，我有聽說。」

洋一點點頭。不愧在靈界享有盛名，這孩子不是簡單的人物。不對，不是簡單的貓物。就相信牠，全都託付給牠吧。

「但是，該怎麼給妳布施才行？我身上沒有錢，只有這個。」

洋一摸索胸前的口袋，掏出一張紙來，上面畫著六文錢，應該是三途河的渡船費，大概是外祖父文男放進棺材裡的吧。如果把這給小雪，真的要過三途河時可能會傷腦筋，但除此之外沒其他能當布施的東西了。

洋一遞出畫之後，小雪撇過頭去，牠似乎不喜歡這個東西。

「這個不行嗎？」

卡其褲的右口袋中有全新的手帕，純棉材質感覺很好用，但不認為貓咪會想要這個。既然如此，洋一手伸進左邊口袋，拿出一張照片。

他不知道口袋裡竟有這個東西，就像是被人突擊，洋一望著照片看傻了眼。

身穿深藍色制服的洋一站在正中央，兩旁站著外祖父文男和妹妹真奈。

這是消防學校入學典禮當天的照片，出發之前，三人在家門口一起拍的紀念照。此時的洋一才十八歲，已經過四年了啊。文男和當時沒有太大的改變，但真奈還很小，她小洋一四歲，當時才國中。她在洋一身邊擺出搞笑姿勢，露出虎牙開心笑著，洋一也面帶笑容。雖然打算用認真的表情拍照，但不小心就被真奈惹得發笑。眼尾下垂的樣子，看起來有些軟弱。

什麼啦，洋一對照片中的自己抱怨。想吐槽自己難得穿制服、戴帽子，明明會很帥氣的，應該要擺出更嚴肅的表情才對。

但看起來好愉快。看著照片，耳邊彷彿聽見那天真奈興奮的聲音，以及文男低沉的聲音。

幫忙拍照的是隔壁鄰居的先生，還記得他看著身穿制服的洋一，瞇眼笑著說：「長大了呢。」

也浮現文男說著「沒有啦」，害臊搓揉鼻子的模樣。洋一想，外祖父實際上也很高興吧。洋一找到了穩定的工作，個性傳統的文男似乎因此感到放心。

看著腳下，小雪就在身邊，牠把身體靠了過來，仰起牠小小的腦袋。

（我想要聽這種故事。）

用清澈的藍眼和黃眼注視著洋一，輕聲細語地說著。

（我想要知道你人生中最幸福的回憶，這就是布施。）

洋一當場彎下身體，只要姿勢變低，小雪的臉也會更靠近。
這就是布施？咦？是這樣嗎？
從沒想過小雪竟然想要這種東西。
歡樂的回憶應該有很多，但要選出第一名實在很困難。舉例來說，拍這張照片那天也很幸福。那是正式進入消防學校的日子，非常值得紀念，文男和真奈都為他獻上祝福。不知道是他們之中的誰，在入殮時把這張照片放進洋一的口袋，這張照片記錄了展開人生新階段當天的模樣，我想應該就是選擇這段回憶的理由。
但說「最幸福」又不太對，還活著的時候，洋一身上也發生過許多事情。二十二年的人生當中，毫無疑問地覺得幸福的瞬間，除了這天還有其他的回憶。因為只要和家人在一起，每天都很開心。
（你們家人看起來感情很好。）
小雪探出身體看照片。
就是這樣——
家人的感情真的很好，活著的時候沒有特別意識到，卻是無庸置疑的。試著重新回想過去，腦海浮現的皆為類似的日常風景，洋一也不清楚這些到底值不值得一提。

洋一在腦中回憶令人懷念的日子。他喜好平凡安穩的生活，儘管太過乏味，完全無法成為電影或漫畫的題材，但那是洋一無可取代的每一天，一想起來就令他傷感。

小雪睜大眼睛，靜靜等待。沐浴在窗外照入的陽光下，白毛閃耀著光芒，非常漂亮。待在小雪身邊，就會讓人的心情稍微柔軟起來。

洋一的家也是這種感覺。對了，就講那件事情吧。

3

只要說自己沒有父母，就一定會被人同情。這個社會就是這樣。從我懂事開始，就已經習慣聽別人跟我說「真可憐」。但這並非代表不幸，我只是很早就理解到，人的眼光就是這樣而已。

班上也有同學的父母離婚了，但他們都是跟其中一方一起生活，只有我沒有父母。外祖父告訴我，我的父母都在意外中過世。我跟一般人一樣有朋友，雖然不是特別亮眼的風雲人物，但也距離班上的核心圈不遠。

我覺得我擁有不少朋友，大家都是好人，只要變得要好，他們都會邀我去他們家玩。

只要去朋友家，總會端出非常多料理來招待我。朋友的母親穿著圍裙，把咖哩飯、漢堡排等小孩子會喜歡的料理端上桌，每個家庭都一樣。朋友們的父親偶爾也會現身，還曾在庭院裡一起烤肉。

我當然很開心，也非常感激朋友，但我的內心卻很複雜。

就是這麼一回事。雖然我當自己是個普通的孩子，但身邊的人卻不這麼認為。我在旁人眼中果然是個可憐的孩子，從朋友父母的態度中得知這件事，讓我莫名地有點受傷。

「你平常在家都吃什麼啊？」

——果然都是吃現成的東西嗎？還是超商便當啊？

雖然偶爾會有人直截了當地如此詢問，但基本上大家很關心我的飲食。

——你的外祖父是很傳統的人，應該不太會做菜吧。

我大概都能看出朋友父母心中的擔憂，但每次都讓我感到相當不耐。

外祖父文男是自衛隊食勤組的隊員，他有廚師證照，長年在基地裡煮飯。

因為要準時為眾多隊員供應餐點，多虧這樣的生活，祖父的廚藝精湛，而且會做的菜相當豐富。我想我和真奈每天吃的東西，應該比班上任何一個同學吃的食物都要來得美味。

也就是說，他們關心的方向實在大錯特錯。但我依然保持沉默，因為知道他們都是關心我才會如此慷慨，反正誤會馬上就會解開，只要當作回禮，哪天邀朋友們來家裡玩就好。

「謝謝你們和洋一當好朋友。」

對朋友們態度和善的外祖父也很擅長做點心，而且比一般的甜點店做得還要好吃。只要朋友來我家，外祖父就會俐落地烤起磅蛋糕，或是做餅乾給我們吃，只要吃上一口，大家的眼睛全都閃閃發亮，根本不需多言。

我家有個老舊但很專業的烤箱。

那是外祖父從自衛隊退伍後買來的老東西，不管是烤肉還是做甜點，只要用這個烤箱就能做出最正統的味道。從我有記憶開始，這座烤箱就出現在我家裡，早已使用超過十五年卻還不會壞。就跟外祖父一樣，就算老舊，依然耐用又可靠。

因為這樣，即使沒有父母，我也從未感到有什麼不足。家裡有外祖父和真奈，只要三個人在一起就足夠了，雖然可能常常讓年幼的真奈感到寂寞。

直到真奈小學高年級左右，我們三人都睡在同一間房間裡。棉被並排鋪在小小的三坪房間裡，總是睡成川字型，每天被睡相差的真奈踢也是愉快的記憶。作惡夢時也因為兩人就在身邊，我隨時都能放心地繼續睡。把三份被褥並排在一起就像變成一張大床，冬天時很方便，太冷時只要鑽進隔壁的被窩裡就好。

而且冬天有聖誕節。

每年進入十二月之後，外祖父就會用烤箱烤德式聖誕蛋糕，把果乾及堅果揉進麵團內，這是一種分量十足的德國傳統點心。近年比較常在市面上看見了，但我小時候還不怎麼有名。我的祖父實在太厲害，他走在流行的尖端呢。

祖父烤的聖誕蛋糕中加入了大量的葡萄乾和核桃，非常有嚼勁，外表看起來很像巨大的熱狗麵包，表面會撒上大量糖粉。每天切下一小片來吃，就這樣享用到聖誕節當天。

同一個時期，廚房還會掛上祖父自己做的降臨節日曆[8]。

把紙杯組裝成聖誕樹的模樣，貼上用金色、銀色摺紙做出的日期。裡面放

8 用來倒數計算聖誕節來臨用的日曆。

巧克力或糖果，我每天都和真奈一起興奮地開一個。十二月就像舉辦為期一個月的祭典，來我家玩的同學看見降臨節日曆都很羨慕，在班上傳開時還讓我感到不好意思。

「你外公好帥氣喔！」

聽到朋友如此誇獎讓我好開心，同時也覺得我的朋友真有眼光。

因為外祖父真的很厲害，手巧、擅長廚藝，聖誕節當天還會買火雞回來烤。每年都會烤不同的蛋糕，我喜歡巧克力口味的聖誕樹幹蛋糕，真奈喜歡奶油霜蛋糕。雖然與裝飾花稍的蛋糕相比，外祖父的蛋糕外表和味道都很樸素，但他烤的蛋糕都非常好吃。

每當聖誕節接近時，外祖父都會到圖書館借料理和點心的食譜回來。德式聖誕蛋糕和降臨節日曆都是書上寫的，我還記得外祖父會慎重地貼上便條紙，還在廣告單背後寫筆記的身影。

沒錯，外祖父熱衷學習新知。他認真又很愛研究，只是不擅長閱讀片假名。直到幾年前，外祖父還會把「降臨節日曆」念成「臨降節日曆」，實在很好笑。但現在回想起來就覺得難過，眼淚都快要流出來了。

一直以來，我和真奈都在外祖父的守護下成長，為了不讓兩個孫子覺得是被老人家養大的而出糗，或是感覺丟臉，外祖父總是為了我們費盡心思。

即使有親戚，過年時還是會感到寂寞。所以想要在新年前的聖誕節讓孫子們盡情歡笑，外祖父的這份體貼，就滿滿地藏在從德式聖誕蛋糕揭開序幕的聖誕節裡。當時感覺那一切都是理所當然的，但長大之後才發現，外祖父的溫柔有多麼偉大。

聖誕夜晚上，外祖父會化身聖誕老公公。

穿上不知從哪買來的全套紅色衣服，把禮物放在我和真奈的枕邊。從樂高積木、遙控恐龍到摺疊式跳床等等，我每年都會收到想要的禮物。外祖父看了我和真奈寄給聖誕老公公的信，就會為我們準備禮物。

當然，我很早就知道聖誕老公公的真面目。

因為某一年，我微微張開眼睛看見外祖父把禮物放在枕邊。他在深夜偷偷從川字型的被褥起身，跑到隔壁房間換上紅色衣服，明明沒有人看見還要變身成聖誕老公公跑回來。那真的是傑作，外祖父的臉一看就是個傳統的日本人，就算把眼睛瞇成一線看，也看得出來他完全不適合這種裝扮，我可是費盡千辛

9　日語中從漢字楷書或部首演化而來的符號，現在多是作為外來語的表現使用。

萬苦才忍住沒笑出來的耶。

即使沒人看見，外祖父還是會扮成聖誕老公公，超有幹勁。雖然對他為什麼能做到這種程度感到不可思議，但那大概是為了真奈，希望真奈長大之後，可以笑著回憶孩提時代的記憶吧。外祖父是真正的聖誕老公公。

多虧外祖父，真奈長成很乖的孩子。在發現聖誕老公公的真面目之後，真奈開始送外祖父禮物，而且還是親手做的。某一年她拿零用錢買毛線來織圍巾，第一條是繩子狀且兩端加上毛線球的圍巾，下一年織手套，再下一年我記得是毛帽。每個都製作精良，無法想像是出自小學生之手。

我國三那年的聖誕節最棒了，因為那天有三個聖誕老公公在家裡碰頭。外祖父一如往常扮成了聖誕老公公，這一年他也想偷偷地把禮物放在我們枕邊。長大的我和真奈也模仿他，半夜起來行動，所以才會出現這種狀況。

「如果你先說一下，我就會把時間錯開了啊。」

我這樣抱怨，聖誕老公公外祖父和真奈爆笑到不行。

結果，三個聖誕老公公就開始開誠布公，外祖父送我黑真皮錶帶的手錶，真奈送我帥氣的自動鉛筆，這是兩人為了春天要升上高中的我挑選的禮物。真奈送外祖父親手織的毛背心，外祖父則替真奈準備了光亮到不行的皮鞋。

我送真奈的是鉛筆盒，然後送給外祖父的是打掃浴室券。

「那是什麼東西啦?!」

真奈傻眼地說，就跟小學生給的禮物沒兩樣。

「我買完鉛筆盒後，錢就不夠了啊。」

「那就不用買這個給我啊。」

真是的，真奈都聽不懂玩笑話。就算真的是這樣，我也不可能把這種話說出口。

淺粉紅皮革製的鉛筆盒，是在百貨公司文具賣場買來的，要五千日圓。雖然大失血，但我還有存款。實際上，我還準備了另一個禮物給外祖父。

那年聖誕節下大雪。

其實原本預定上午會送達，但因為大雪的關係，直到傍晚才送到。

我送了一臺洗碗機給外祖父，雖然是促銷的舊機型，但功能也很完善。為了能讓外祖父輕鬆一點，我耗盡從小學一點一滴存下來的零用錢買。知道洗碗機是我送的禮物之後，外祖父紅了雙眼。

雖然也很猶豫要不要買掃地機器人，但我的錢不夠，根本買不起。

「下一次我也拿零用錢出來。」

真奈在外祖父面前說要幫忙。

「好，那明年就買掃地機器人。」

「嗯，不錯喔！」

就這樣決定好了明年的禮物。但先講結論，不管怎樣，就算兩個人的零用錢加起來，一年要存到能買掃地機器人的錢還是很不容易。

此時的我，生平第一次看見外祖父落淚。

除了洗碗機之外，兩個孫子為了自己一起湊錢想要送他掃地機器人，這讓他相當開心吧，他紅著雙眼低下了頭，用他指節明顯的拳頭擦拭著眼淚。我還記得，當時外祖父用力抿唇努力忍住嗚咽聲的哭法，感覺就跟以前黑道電影中出現的主角一樣。

我雖然不是特別慷慨的人，但比起收禮物，我更喜歡送禮物。

有想要送禮物的人，對方也會開心收下禮物。我覺得這是個難得的奇蹟，送禮的妙趣大概就在這裡。

邊想像外祖父開心的表情邊挑選洗碗機，那個時候真的好開心，在我付錢時也無比雀躍。

順帶一提，會成為消防員也是受外祖父影響。

我想要成為外祖父那樣的大人，我想用外祖父替我培養出來的強健身體，從事一份守護民眾，以及他們重要家人的工作。但才剛成為消防員沒幾年，二十二歲就死掉了，這會不會太愚蠢?!想要成為像外祖父那樣的大人，也要先好好珍惜自己才行啊。

明明想一輩子和家人在一起的呀，送外祖父浴室打掃券也是很認真的。希望外祖父可以長命百歲，所以就要使用方便的家電或是找我幫忙，好好放鬆一下，讓他的身體休息才行。我總是抱著這種想法。

「浴室打掃券會自動更新喔，雖然寫一年份，但永遠有效。」

「那還真是不錯。」

外祖父吸了吸鼻子，用力閉上眼睛後把頭抬了起來。

晚餐後，三個人一起吃著聖誕蛋糕。這年是真奈喜歡的奶油霜蛋糕，做成樹幹的模樣，上面裝飾著奶油霜、聖誕老公公和馴鹿的糖偶，是歷年最棒的蛋糕。不只真奈，我也多吃了一盤，就連不喜歡濃郁奶油的外祖父也吃個精光。

吞下最後一口之後，真奈陶醉地低語：

「外公做的蛋糕，怎麼可以這麼好吃啊。」

真的是這樣。

我也不是那麼喜歡甜食的人，但只有外祖父做的蛋糕另當別論，再多都想吃。當時我沒辦法回答真奈的疑問，但現在的我知道答案。外祖父的蛋糕裡，有重視我們的心情，以及累積起來的每天回憶。家人一起吃著這樣的蛋糕，就會覺得特別好吃。

感覺一股視線轉過頭去，小雪望著洋一。

（我也想要吃。）

牠一臉羨慕地控訴。

（但真可惜，我是貓咪，不能吃奶油也不能吃糖。）

小雪彷彿表示非常失望，粉紅色的鼻子噴了一口氣。

洋一好驚訝，原來貓咪也會嘆氣啊，明明到目前為止的事情已經夠讓人驚訝了，但牠自己知道不能吃糖這件事卻讓洋一更加詫異。

（你幹嘛那張臉，因為身體小，貓咪更要多加注意才行。）

「抱歉、抱歉。」

慌慌張張地道歉後，又重新想了一下。

確實如小雪所說，因為牠身體小，食物的影響自然更加顯著。飼主得多注意才行，因為人養的貓沒辦法自己選擇食物，而且也不是所有寵物都跟小雪一樣明白這一點。

突然想起了飼主千鶴，因為一直對小雪說話，差點忘了她的存在。

環視房內，看見千鶴坐在沙發上。她把素描簿攤開放在腿上，用鉛筆作畫中。不經意看過去，洋一訝異地眨了眨眼。素描簿上，就畫著那個聖誕節的畫面。

打開宅配到家的洗碗機箱子，一臉驚訝的文男和真奈，兩人一起睜大眼看著洋一，廚房桌上擺著奶油霜蛋糕。

上面還有聖誕老公公和馴鹿的糖偶，旁邊也擺著烤火雞，一旁還確實畫上了洋一沒有提到的香檳汽水。

「妳好厲害。」

聽見洋一低呼，千鶴這才回過神來抬起頭，她的鼻子好紅。

「妳把我的回憶畫成了一幅畫啊。」

「我覺得只是聆聽實在太浪費了，不小心就——不好意思，沒經過允許就這樣做。」

「為什麼要道歉？我反而要謝謝妳。但真是不可思議，妳為什麼連有香檳汽水都知道？」

「小時候的聖誕節，沒有香檳汽水可不行——開玩笑的啦，聽完你的說明，感覺你的外祖父肯定會準備香檳汽水，然後還會耍帥地大聲開瓶栓，我猜對了嗎？」

「對，妳猜對了，就是那樣。」

彷彿將那天的畫面直接擷取下來，太厲害了，她果然是專業的畫家。

明明沒有見過面，她卻捕捉到兩人的特徵，太不可思議了。洋一對千鶴的才華感到驚訝。文男和真奈在她的畫中簡直躍然紙上，看起來好開心呢，感覺只要耳朵貼近，甚至就能聽見笑聲。

好懷念，真想一直看下去。想念文男與真奈的心情痛切地壓迫著胸口，如果可以實現的話，好想回到那幅畫裡去。這是他現在最想要的禮物。

（你及格了。）

小雪在洋一面前仰躺在地板上，露出她肥嘟嘟的肚子仰頭看著洋一。

「咦？」

小雪突然這樣說，洋一不知所措。

（你的布施，你讓我聽到許多很棒的故事，讓我感覺很幸福，所以我把我的身體借給你。）

小雪仰躺在地板上扭轉身體。

「真的嗎？」

（對，雖然只有眨眼七次的時間。）

洋一無法掌握那是多長的時間，雖然這樣說，但也明白時間不會太長。頂多幾分鐘吧，雖然不知道貓眨眼的頻率，但應該和人類的間隔相差不遠，所以應該非常短……

「交涉成功了呀。」

千鶴看見小雪躺在地板上後放下鉛筆問洋一。

「是的，多虧妳幫忙。」

「太好了，牠喜歡你的布施呢。聽說牠這樣露出肚子來，就是『貓語』交涉成功的訊號。」

「是這樣啊。」

「是的，雖然這樣說，但我沒有什麼經驗，也不是太清楚啦。我也聽不見小雪說話。」

千鶴很抱歉地說道。

「什麼，妳聽不見嗎？」

「對，我可以聽見亡者的聲音，所以才有辦法這樣對話。我只是幫忙看家而已，小雪有不可思議的『貓語』能力，可以把身體借給亡者這件事情，也是不久前來訪的先生告訴我的。」

「那是穿西裝、氣質高雅的高齡男性嗎？」

「咦？你認識飯田先生嗎？」

是那個人。

「雖然我不是正式的中間人，但不久之前，我第一次幫忙那位先生與家人見面。川本先生你也有想見的人對吧？如果你不介意，我可以幫忙把對方帶來這裡。」

「妳可以幫忙帶人來嗎？」

洋一重複確認後，千鶴不好意思地點點頭。

「因為我不是很熟悉，可能沒辦法非常順利啦。」

「沒有沒有，我問這句話不是這個意思。」

洋一在身前搖搖手，感到抱歉的反而是他才對。雖然能和鬼魂對話，但她不是正式的中間人還要勞煩她幫忙，太不好意思了。

這個人真親切，不認識的鬼魂上門叨擾應該很困擾，但只要看她畫出的素描，就可以知道她很認真聽人說話。

「請問妳的工作是畫畫嗎？」

「——不是。」

千鶴垂下眼睛輕輕搖頭。

「這樣啊，因為妳畫得太棒了，我還以為妳是職業畫家。」

看見千鶴不知為何痛苦的表情，洋一對自己可能問了不該問的問題，感到相當抱歉。

但是，有這麼棒的才華，應該可以當成工作吧，即使是外行人也如此認為。和筆下的畫風相同，千鶴也給人一種輕鬆、溫暖的感覺，對孤單的鬼魂來說非常感激。

話雖如此，還是早點前往極樂世界比較好吧。

洋一自己也很清楚，為了讓他們兩人放心，非得這樣做不可。

洋一知道文男每天都會在牌位前上香，雙手合掌。他會緊緊閉上眼睛，低著頭口中唸唸有詞。洋一過世後文男也變了。身體縮水一圈，皺紋也增加了，背也更駝了。總是挺直的背脊彷彿抽掉了骨頭般，讓洋一不忍卒睹。明明就在身旁，文男卻聽不見洋一的聲音。

如果時光可以倒轉，洋一發誓他絕對不會胡來。

就算沒辦法當個活躍的消防員也沒關係，他要長命百歲來孝順文男。

因此他想要見妹妹真奈一面，洋一有事要拜託真奈，所以才想施行「貓語」。

4

傍晚過後出門。

聽說真奈打工到下午五點，千鶴到真奈工作的超商附近的咖啡廳等她。

千鶴坐在窗邊，旁邊的人看不見，但其實洋一就坐在她對面。

從這裡可以清楚看見馬路，聽說真奈是步行往返打工地點和家裡的，真奈比洋一小四歲，今年十八。因為喪禮再加上其他事情，她請假了一陣子，幾天前才又開始上學。高中生啊。僅有兩人的家人，其中一人過世應該非常痛苦，短短幾天就要重回打工崗位，太了不起了。

真能幹呢，和以前的自己相比，千鶴不禁如此認為。

千鶴十八歲時，她母親反覆住院，千鶴因此無心念書備考，沒辦法應屆考上大學。而真奈呢，懷抱著失去哥哥的痛苦，還要擔心外祖父，同時也要面對現實。

抱著腿上的手提袋，千鶴思考流程，為了確實轉達，得把要說的話整理好。若劈頭就說「妳變成鬼魂的哥哥很想見妳」，這簡直跟詭異的宗教沒兩樣，只會遭人懷疑。

「來了。」

洋一指著窗戶外面。

「那就是我妹妹真奈。」

身穿灰色雙排鈕釦短外套，身材纖細的女孩。臉的輪廓和哥哥相似，揹著尼龍製的紅色背包，穿著褐色學生皮鞋，很典型的高中女生打扮。洋一用拜託的眼神看著千鶴。

「我會加油。」

得振作才行。要是自己不安，會讓洋一更加不安。

千鶴結完帳後走出咖啡廳。

「真奈小姐。」

出聲喊她，真奈轉過頭來，眼尾微微下垂的眼睛也和洋一很像。

「突然出聲喊妳很不好意思，我很清楚會嚇到妳，但可以請妳給我一點時間嗎？」

千鶴露出笑容，真奈當然一臉警戒的神情。

「請問什麼事？」

「我名叫島村千鶴，是受妳哥哥之託來見妳的，請妳聽我說——」

剛開口說出要事的那一瞬間，真奈皺起了眉頭，擺動她的制服百褶裙轉頭就要離開。

「等等，我不是可疑的人，不是啦，我理解妳會覺得我很可疑，我自己也覺得。但我沒有要傳教也不是老鼠會，不會賣妳任何東西。」

真奈沒有停下腳步，千鶴立刻追上去擋在她面前。

「請妳看這個。」

千鶴從手提袋中拿出素描簿在真奈面前攤開，抱著祈禱的心情讓她看畫。拜託，相信我啊。

「這是我把從妳哥哥口中聽到的事情，畫出來的插圖。」

「我哥……」

真奈說出這句話後便沉默了。

「洋一先生，他說你們的外祖父到了十二月就會烤德式聖誕蛋糕，用的是老舊但很專業的烤箱。我聽說裡面加了很多葡萄乾和核桃，就像一個巨大的熱狗麵包。」

但真奈果然還是沒開口說話。

千鶴翻過下一頁。

「這是用紙杯組成，做成聖誕樹模樣的臨降節日曆。」

上面有用摺紙做的日期，每天打開一個，裡面藏著巧克力或糖果等小零食。

「咦？」

真奈回問。

「是『臨降節日曆』對吧？」

千鶴重複了一次，看著真奈的眼睛。

「我聽妳哥哥說，你們的外祖父到幾年前都還會唸錯。」

這件事大概只有洋一和真奈知道，大概是想起這件事，真奈稍微鬆懈了警戒，原本上揚的眉尾也慢慢放鬆。

「我爺爺很不擅長片假名……話說回來，咦？妳為什麼知道？」

真奈小聲說完後回看千鶴的眼睛。

「其實因為一點原因，我從洋一先生口中聽到這件事，聽說你們外祖父每年聖誕節都會烤好吃的蛋糕。洋一先生喜歡聖誕樹幹蛋糕，真奈小姐喜歡奶油霜蛋糕。」

「對，我非常喜歡。」

真奈頻頻點頭，真可愛。

「我也喜歡奶油霜蛋糕，濃郁的口感讓人停不下來呢。吃過那個味道就會上癮，雖然感覺很難做。」

「我外公很會做蛋糕。」

「聽說是用專業的烤箱烤的呢。」

「妳為什麼連這個也知道——妳該不會是哥哥的女朋友吧？」

真奈突然銳利提問。

「不是不是，其實我今天也才第一次見到他。啊，不是啦，那個——這到底該怎麼解釋才好呢。」

千鶴發現自己失言後相當驚慌。

「——這是什麼意思？」

真奈再次回到警戒表情。

比起上次飯田先生的太太，真奈更加難搞。就算給她看畫，她仍然遲遲不願相信。傷腦筋了。

「今天是什麼意思，怎麼可能見到我哥哥，我哥哥已經死掉了耶。」

真奈眼神一沉，再次皺起眉頭。

「我知道，那個……既然如此我乾脆直說了。其實妳哥哥變成鬼來我家，他說有事情想要拜託妳，所以想來借用我家貓咪的身體。」

「貓？」

真奈追問的聲音無比尖銳。

「借用身體？妳從剛剛開始是在說些什麼，我完全聽不懂。」

老實說：作戰失敗。好像讓她的疑心病變得更嚴重了。千鶴很焦急，快言快語地接著說下去：

「對不起，我沒辦法好好說明。連我自己也是前一陣子都還不相信有這種事情，但我沒有說謊。妳哥哥說，希望可以透過我家貓咪的眼睛和妳說話，他現在就站在我旁邊。」

真奈閉上嘴瞪著千鶴。

怎麼辦，她好像又更封閉心房了。都因為我不會說話，完全被當成怪人了。以為讓她看素描一切就會順利，這個想法太天真了，感覺繼續說下去會讓她逃跑。

「這樣啊，我哥現在在這裡啊。」

「對，在這裡。」

「那妳回答我，我哥現在穿什麼衣服？」

千鶴此時才第一次看站在身旁的洋一，他的表情和千鶴同樣焦急。

「他穿著亞麻襯衫。」

「明明是冬天耶？」

真奈繼續追問，確實與季節不符，但是真的，洋一穿著清涼的亞麻襯衫。

「對，聽說那個世界的規則是只能穿帶進棺材裡的衣服，底色是藍綠色，上面有深藍色和灰色的格紋。非常適合他，妳哥哥很時髦喔。」

「欸，妳到底在說什麼啊？」

在千鶴變得更加著急時，洋一告訴她。

「——什麼？這件襯衫是真奈小姐送給你的最後一個生日禮物嗎？」

洋一靦腆一笑，點點頭。

「所以說，妳到底在和誰說話？」

真奈終於忍不住大喊。

「真奈小姐對不起，突然這樣妳會覺得混亂也是理所當然的。妳哥哥告訴我這是妳送給他的禮物。」

接著，千鶴彷彿同步口譯般把洋一要說的話說出口。

「我直接轉達妳哥哥說的話喔。卡其褲口袋裡有家人的合照，穿消防員制服的哥哥站在正中央，兩旁站著你們外祖父和妳的照片。是入學典禮當天拍的照片，隔壁鄰居的先生替你們拍的——」

話說到一半，真奈低頭。

「他在這裡嗎？」

她悶聲嘀咕著。

「真的嗎？」

真奈抬起頭來問，她眼中的懷疑已經消失了。

「哥哥就在這邊嗎？」

真奈頓時無法忍耐地大喊，先前的事情已經十足動搖她的心，襯衫和卡其褲口袋裡的照片成為最後一根稻草。知道這件事的只有真奈、文男，還有洋一而已了。千鶴打從心底鬆了一口氣，就不再繼續說下去。

洋一靠近真奈開口：

「我就在這裡喔。」

但很遺憾，真奈聽不見。

「他在喔，就在妳面前。」

所以千鶴代替他哽咽說道。很溫柔的哥哥，明明知道摸不到，仍輕輕把手擺在妹妹肩膀上。

「妳哥哥說他有事情想要拜託妳。」

「什麼事？」

「關於你們外祖父的事。」

5

緊跟著千鶴和真奈這兩個活人回到島村家，黑暗中，小雪就待在玄關的地墊上等我們。

「哇啊，好可愛喔。」

從門外探頭看著家裡頭的真奈發出感慨聲，真奈回復以往的天真模樣讓洋一鬆了一口氣。

「就是這隻貓咪嗎？」

「對，牠叫小雪。」

「我想要在更亮的地方看小雪的臉。」

「我也很想這麼做，但暗一點小雪的瞳孔會放得比較大，可以更清楚看見妳哥哥的樣子。」

「這樣啊，原來如此。」

面對真奈軟化的態度，千鶴的聲音也終於找回冷靜。

小雪摺起手手，整個肚子趴在地墊上，但在看見真奈之後便慢慢起身。牠抬高屁股伸完懶腰，才仰躺在地板上。

（好的，進來吧，我們開始。）

彷彿受到這個聲音的邀請，洋一的臉自然朝小雪的肚子靠近。在他想著有好香的太陽氣味時，突然有股被吸入其中的感覺。不知發生了什麼事，瞬間腦袋無比混亂。

睜開眼，發現視線突然變好低。剛剛還低頭看著真奈，現在得要仰頭看她。而且──好高大。原來如此，借用身體就是這麼一回事啊。洋一進入小雪的身體裡，透過小雪的眼睛看著真奈。

明明沒有開燈，視線卻很清晰。不知道是不是錯覺，感覺沒什麼色彩。從小雪眼中看見的景色，和活著時看到的很不一樣，彷彿進入了黑白照的世界裡。

「真奈。」

一喊她的名，纖細的肩膀抖了一下。

「我在這邊。」

對聲音起了反應，真奈四處張望。

「我在小雪的眼睛裡，妳靠近過來看。」

洋一揮手後，真奈靠過來探頭看，真奈視線停在自己身上的瞬間，她用力倒抽一口氣。此時此刻，「咻」的吸氣聲和猛烈跳動的心跳聲也清楚傳進了耳中，都不知道原來貓咪的耳朵如此靈敏啊。

「哥哥——」

真奈顫抖著聲音輕輕地說。

「真的是哥哥嗎？」

「是啊，妳有看見吧。」

「有看見，是看見了沒錯，這到底是怎麼回事。竟然在貓咪的眼睛裡，這種事情沒辦法立刻相信啊，還以為是魔術。」

真奈嘟起嘴來，用孩子氣的聲音回應。這是她努力忍哭時的表情，啊，就是說啊，要她立刻相信才是強人所難。

「真奈，妳平常總會替我上香對吧。」

「你為什麼知道？」

「哎呀，因為我沒有去另一個世界，所以在旁看著。外公也常常替我的牌位上香，而且現在我清楚聞到真奈身上的味道。」

從真奈身體上飄散過來的氣味竄進鼻腔深處，貓咪不只聽覺，連嗅覺也很好。借用牠的身體後，如實感受到這件事。

「什麼？我身上有線香的味道嗎？可能有點討厭耶。」

真奈舉起外套袖子聞了聞。

「味道那麼重嗎？我自己都聞不出來耶。」

「別擔心，因為我現在變成貓了，所以才能聞到。除了線香外還有花的味道，而且花香更強烈。」

「花？」

「應該是柔軟精吧？真奈喜歡的花香那款。」

「這樣啊，那太好了。」

真奈放心地露出了虎牙。

那是文男從藥妝店或超市買來的大眾商品，香精味不重，真奈很喜歡，每次遇到打折都會囤貨。活著時還沒有特別感覺，現在懷念得讓他胸口抽痛。

真奈在玄關的混凝土地板上蹲下來。

「哥哥，你現在身體不痛了嗎？」

「嗯，已經沒事了喔。」

連死後還讓真奈擔心身體，真的很對不起她。

「這樣啊，太好了……那果然很適合你。」

「襯衫嗎？」

「嗯，這個顏色真是選對了，超適合哥哥。」

就像剛剛對千鶴說的，這件襯衫是真奈送的生日禮物。藍綠色十分罕見，所以自己也很喜歡。乍看之下有點花稍，感覺不好搭衣服，但和現在身上穿的米色卡其褲卻很搭。

『出院之後要穿喔。』

附在襯衫旁的手寫卡片上，也包含了真奈的心願。

沒錯，變成鬼之後才第一次穿上這件衣服。洋一在火災之後，沒有恢復意識就這樣過世了，生日也是在醫院裡過的。

醫生應該也對家屬宣告洋一不可能恢復，即使如此真奈還是期待奇蹟發生，期待哥哥有天能恢復意識，出院後可以穿上她挑選的這件衣服。結果，雖然活著時沒辦法實現，現在卻能穿在身上，全多虧了真奈把衣服放進棺材裡。

「好小喔，再讓我看清楚點嘛。」

真奈邊哭邊笑著把臉靠了過去。

距離一靠近，連洋一也能清楚看見真奈的黑眼珠。眼中倒映著在小雪瞳孔中的自己，身穿新襯衫的自己正笑得燦爛。

這個瞬間，視線突然一片黑。

咦——

感到詫異也僅是一瞬，真奈的臉再度映入視野中。

「真想讓外公也見你一面。」

但非常遺憾……

「時間不多，我可以待在這裡的時間，只在小雪眨七次眼睛的時間內。而且只能見一個人。」

「怎麼這樣。」

「這是必須遵守的約定。」

「和這隻貓咪的約定？」

「嗯。」洋一點點頭。

「那時間大概多長啊？牠剛剛眨了一次眼睛對吧，也就是說，感覺非常短耶。」

真奈的鼻子哼了一聲。

「別露出那副表情，這也是沒辦法的事。」

「我知道啦。」

不開心時就會用鼻子哼氣，這是真奈從小的壞習慣。都不知道說幾次要她改過來了，她還是沒改。

「外公沒什麼精神對吧，都是因為我，真的很對不起。」

「但是啊，在我面前很有精神喔。」

洋一也認為會是這樣。

文男和真奈很像，他們兩個心情越低落，越會在人前裝作若無其事的樣子，所以才更叫人擔心。

「話說回來，你說有跟外公有關的事情要拜託我？如果時間不多，就趕快先講這件事吧。」

妹妹在這種時候還真可靠。

「那是關於我們的母親。」

洋一邊在心中感謝，想著終於進入了正題。

「咦？什麼？」

「我們母親——其實還活著。」

邊看著收起笑容轉為嚴肅表情的真奈邊繼續說：

「進入消防局之前，我去申請住民票也順便查了戶籍，所以才知道的，然後我有去見她。戶籍上的父親欄是空白的，所以我不知道父親是誰。」

「這樣啊。」

「對不起，瞞著妳。」

但怎樣都無法對真奈說出口。

戶籍上沒有父親的名字，是因為母親未婚生子。洋一和真奈是私生子。不清楚背後有什麼內情，洋一也沒打算調查得那麼仔細。

母親看見長大後的兒子嚇了一大跳，似乎對拋棄小孩有些後悔，小聲說著「你長大了呢」，之後把抱歉含在嘴裡。母親太年輕了，這讓洋一稍微受到衝擊，她還沒有滿四十歲，她十七歲時生下洋一，又在四年後生下真奈，但洋一不知道她在那之後何時與父親分手。母親現在仍單身未婚，但有交往對象，當洋一想要說話時卻被她打斷：「你特地來找我，真的不好意思，我想真奈也長大了，雖然也讓你吃了不少苦，但就跟先前一樣，你就和外公還有真奈好好生活吧。」對話就此結束。洋一和真奈的母親就是這種女人，所以也能理解為什麼外祖父要瞞著兩人她還活著的事實。

視野又是一片黑。

就像相機按下快門的瞬間，眼前一片漆黑。原來如此，這就是小雪在眨眼，洋一明白了，這是第二次。

「她是怎樣的人？」

真奈露出又哭又笑的表情。

「很……普通吧。」

洋一毫不猶豫地回答完之後，真奈突然低頭笑了起來。

「普通的人怎麼可能拋棄小孩啦。」

「我是在講她看起來的感覺，嗯，還滿漂亮的啦。」

真奈沉默著，彷彿在催促洋一繼續說下去。

「她說，她真的對拋下我們感到很痛苦。」

都這個時候了還在說謊。

「是喔。」

「那又怎樣？」的表情，清楚看出她正在佯裝對母親一點也不在乎的模樣，真奈比一般人還更害怕寂寞。

「嗯，這也是沒辦法的事，她生妳的時候也才二十一歲而已，然後——」

「哥哥，你是想說這個嗎？」

真奈歪著頭打斷洋一。

啪嚓。

彷彿與其呼應，小雪眨了眼。這是第三次，有限的時間不斷減少。

「不是。對了，我有外公的事情要拜託妳，妳一定要好好做喔。外公跟我們說我們的母親死掉了，對吧？知道真相之後，妳可別怨外公喔。他是為了不讓我們受傷，才當作我們的父母都死了，外公自己也很痛苦的。」

「你要拜託這件事？」

真奈鬆了一口氣笑出來。

「什麼嘛，就這種事啊，害我快嚇死了，我還以為是更嚴重的事耶。」

以為已經過世的母親其實還活著，洋一不認為這件事如此沒有分量，但真奈似乎以為比這個更嚴重。

「我怎麼可能責怪外公啦，外公這麼用心養大我們耶。哥哥，你太愛操心了。而且我很早之前就知道了啊，知道母親還活著，但我不知道也不清楚父親是誰就是了。」

「什麼，真的假的？」

「當然啊。」

真奈若無其事地點點頭。

「因為我們從來沒去掃過墓，如果他們死於意外，不去掃墓也太奇怪了吧。」

真是敏銳。但仔細想想確實也有道理，洋一也是基於相同的理由才想要調查戶籍。

既然如此那就好說了，接下來才是重點。

「真奈。」

一瞬間的黑暗後，洋一用嚴肅的口氣說道：

「妳可以去和『那個人』見一面嗎？」

「那個人是指母親嗎？為什麼？」

真奈的眉毛上揚。

「我不會要妳原諒她拋棄我們，即使如此，可以請妳去見她一面嗎？那個人也是很在意我們的。」

「我才不要。」

真奈的臉立刻皺了起來。

「就算她如何在意我們，都是拋棄我們的人耶。事到如今還去見那種人幹嘛？就算知道她還活著，我一點也不開心。甚至覺得她乾脆死 死比較好——」

真奈語氣強硬地說著，但又突然找回了理智般閉上嘴。

「對不起，我說過頭了——」

「沒關係啦。」

洋一知道真奈沒有惡意。

「但我還是不想見她，我的家人只有外公和哥哥，事到如今也不需要母親了。而且，如果她想見我們應該早就來見我們了啊。既然從來不曾來過，那她根本沒有想見我們的意思吧。」

「我理解妳這麼想的心情，但為了外公著想，我也希望妳能去見她一面。」

話說到一半，視野一瞬間又變暗了。

這是第五次眨眼，還剩兩次，幾乎沒剩多少時間了。

「為了外公？為什麼？」

「外公不知道我去見過母親，所以他一直覺得，我從沒見過母親一面就死掉是他害的。」

洋一每天都看見文男對著自己的遺照道歉，所以才知道這件事。他回想起那天的畫面。

『你只知道父母都死掉了，但這是個謊言，就是這樣——洋一，真的很對不起。』

外祖父輕聲細語，雙手合十不曾停歇。邊啜泣邊用拳頭擦拭眼角，他變得好消瘦，令人不忍卒睹。

文男很痛苦。即使是那種母親，但起碼還是得讓孩子見上一面，他很後悔自己的判斷。明明外祖父沒有做錯什麼事啊。

「我先說，我沒有怨恨，就跟妳一樣，我也認為我的家人只有妳和外公。」即使是糟透了的母親也存有些許親情，即使是拋棄孩子的人，肯定也會在哪個時機點感到後悔。即使如此，我也沒有打算原諒她。

「我不能放任外公痛苦不管，所以想要拜託妳，我希望妳能先跟外公說，其實我生前已經去見過母親了，然後妳最近也去見她吧。見過之後仍然覺得自己不需要母親，跟外公這樣說就好，說妳的家人只有外公和我。」

「你自己去跟外公說不就好了嗎？」

「這我做不到啊。」

「不能請貓咪讓你見外公嗎？」

「『貓語』只能施行一次，而且我剛剛也說過，一次只能見一個人。」

選擇文男或真奈。

洋一相當迷惘該選誰，他當然也想再和文男說說話，現在仍有這股心情，但洋一最後決定把這件事告訴真奈。

「而且如果我直接拜託外公，只會讓外公覺得我都死了還在擔心他，所以可以的話，我希望由妳對外公說，然後妳去見母親。」

「我理解你想說什麼了，但這對我來說太過沉重。」

「因為我現在已經死了才能說，想要復仇也得要活著才能辦到。」

當事者說的話最有分量，人類不知何時會死。

「去見她，好好痛罵她一頓不就好了，去對她好好抱怨：『妳知道嗎，就是因為妳，外公不知道吃了多少苦頭！』」

「什麼跟什麼啦。」

「死了之後，不管是怨言還什麼話，全都無法說了。雖然我在生前曾去見過她，但也什麼都沒說就是了。」

「我知道了啦，去對她說『我現在很幸福』就得了吧。」

小雪眨了第六次眼，還剩一次。

「已經沒有時間了。」

「什麼，不要啦！」

真奈發出近乎慘叫的聲音。

她的眼中立刻浮現淚光，就跟她小時候和洋一吵架哭泣時的表情一樣。結果讓唯一的可愛妹妹品嘗了兩次別離的痛苦，這讓洋一的心萬分痛苦。

「對不起。」

聲音沙啞，只能道歉，只要小雪再眨一次眼，洋一就會消失。不管再怎麼擔心，他都沒辦法在真奈身邊支持她。這讓他感到抱歉，只剩無限的不甘。

「跟外公好好相處喔。」

接下來只能盡快說話。

「要保重身體喔。」

說完後，明明是這種時候，卻覺得好笑。

「為什麼要笑？」

真奈流著眼淚瞪著他。

「沒有啦，只是覺得這些話真是老套。要說就要使出渾身解數，說些厲害的話才對啊，但真到了這個時候，也只有這些話才能說得如此理所當然。」

「我也完全想不到該說什麼耶。」

「還真困難，要寫弔唁文還可以上網找範例，但死後留給家人的話，不管怎麼找都找不到。」

「因為不會有人搜尋這種內容啊，就算是哥哥也辦不到吧。」

「嗯，這麼說也是。」

洋一搔搔頭，淚水滑過真奈帶笑的臉龐。

「你不必留下什麼厲害的話語，可以像這樣說話我就很高興了，我就可以跟大家炫耀了。」

「這樣嗎？」

「因為哥哥已經死掉了啊，卻重回這個世界對我說教耶，這種奇蹟簡直媲美耶穌基督。」

「那還真是厲害。」

「只可惜你沒有聖光。」

真奈說著玩笑話，臉卻不停發抖。

──原以為是這樣，但不是，是小雪在發抖，牠忍著不眨最後一次眼，拚了命替洋一忍耐。

已經可以了。

洋一在心裡說，想說的話全說完了，雖然中途一度感傷，但最後可以用笑容結尾了。

沒問題的，洋一如此認為，真奈可以好好地活下去。她肯定有辦法和文男兩個人，一起跨越洋一太早逝世的痛苦。

得知今日的事情後，文男會瘋狂詢問真奈吧，問他好不好、問他燒傷的傷勢怎樣……等等，接著，對死了已經不痛的洋一又產生新的擔憂，接著在佛龕前合掌。

希望真奈可以對外祖父說：「別擔心，哥哥很好喔，穿著我送給他的襯衫微笑著呢。」多虧如此，可以心無罣礙地啟程了。如果能夠實現，希望下次回到世間時，還能一家三口一起生活。

用力忍著的小雪，終於眨了最後一次眼。視野宛如電燈泡壞掉般變暗，真奈的身影消失了。

（再見。）

洋一說出口，但不能成聲。身體包裹在溫暖當中，意識逐漸遠離。

這次是真正的道別了，再也不能與誰見面了。胸口逐漸變得安寧，洋一最後感覺自己慢慢變得空空蕩蕩。

6

完全入冬了。

空氣冰凍，寒風冷冽。季節拋下呆滯的千鶴不停往前進。

「妳畫得真棒。」

當千鶴在庭院裡攤開素描簿時，粗獷的聲音突然從天而降。

「這是島村先生吧。」

重雄從圍牆的另一邊看著這邊。

千鶴點點頭。相簿裡只有舅舅年輕時的褪色照片，所以她邊回想自己所知道的舅舅，一邊把他畫下來。

——今天是桔平的頭七。

十天前，醫院通知千鶴桔平的病況急轉直下，接著很快就走了。明明病況曾一度穩定下來，但疾病終究帶走了桔平。

雖說是頭七，法事已經提早到喪禮那天辦完了，所以今天什麼也不做，只有在心中靜靜祈禱桔平能夠好好安眠。

那天的悲傷還近在身邊，另一方面，雖然看似矛盾，但也感覺時間的流逝。

明明才不久前的事，但自己已經記不清到底是怎麼做完喪主的工作。

父親岳男有來參加守靈夜，但沒有參加守靈夜後的餐會，只來敷衍地說幾句弔唁的話後就立刻離開。他就是這樣。林田岳男這男人從母親還在世時，也幾乎不曾來這個家裡走動。

回想起來，從千鶴有記憶開始，父母的感情早已不睦。他們在千鶴國中時離婚，在那之後一直就和父親疏遠。母親過世之後，父親也不曾問她要不要一起住。然後才知道父親當時已經有了交往對象，現在已和對方再婚，他會出席守靈夜甚至令千鶴覺得意外。

守靈夜、喪禮、火葬場，一路陪在千鶴身邊的人是重雄。人說遠親不如近鄰，重雄如同千鶴的親戚般陪在她身邊。

自從桔平過世後，重雄也主動停止了每天早上的廣播體操。多虧如此，早晨變得非常寧靜，但千鶴卻感到些許不滿足。

「妳不畫嗎？」

重雄看著攤開素描簿動也不動的千鶴問道。

「對不起，我這樣看會害妳分心吧。」

重雄自嘲般地說完後，轉過頭打算離去。

「沒有那種事，前陣子真的非常感謝你。對不起，我只是想起舅舅發起呆來了，我完全不介意你看我畫畫。」

千鶴回答後，重雄轉過頭來。千鶴學生時代曾在購物商場打工，幫客人畫肖像畫，所以很習慣在人前畫畫。

這幅桔平的鉛筆素描，溫和表情中帶著微微笑容。

「是舅舅教我畫畫的。」

舅舅和母親很像，都是和善的人。他總是在起居室裡面對畫架，小時候，每次放寒暑假回來這個家時，也總會讓千鶴看他畫畫。

桔平擅長人物畫，他的畫很特殊，會讓人聯想起莫迪利亞尼[10]。用色樸素的靜謐畫作，讓人想一直看下去。桔平筆下的人物，長得就像曾經在鎮上某處巧遇的人，他們像是隨時會開口說話，千鶴覺得彷彿透過桔平的畫和對方變成朋友一般，因此深受桔平的畫作吸引。

千鶴原本就喜歡畫畫，暫居在這個家中時，也有樣學樣地開始畫起了人物畫，在她大學畢業後便決定以插畫家為目標。

疏遠的父親對這個決定沒有什麼好表情，千鶴還後悔告訴了父親，但桔平卻替千鶴開心。第一次接到工作時，桔平也替她慶祝。當千鶴煩惱著該不該辭掉打工，好好專心在插畫家的工作上時，她也是找桔平商量。每次雜誌或書籍用了千鶴的插畫，桔平也一定會把感想告訴她。

（很棒喔，這柔軟的線條很有妳的特色。）

千鶴最期待桔平寫的簡短感想，桔平是她最喜歡的舅舅、最崇拜的畫家。比起客戶或是任何人，桔平說的話最能鼓舞千鶴。

「要是多來找他，多見他幾面就好了。」

一陣低語之後，卻讓千鶴更覺得感傷。

「我也是這樣想。」

重雄用平時罕見的細小聲量回應。

「我因為發牛了一些糾紛所以不當插畫家了，但我沒辦法對舅舅說。他一直支持我畫畫，我覺得很對不起他。」

「這樣啊，嗯，有些事情對越親近的人越難說出口啊。」

「但是，大概，我想舅舅應該也發現了。因為他總是很期待看見我的畫。」

真的，更頻繁地來找舅舅就好了。

10 Amedeo Modigliani，一八八四～一九二〇，義大利藝術家、畫家和雕塑家。

根本沒想到他會這麼早走，簡直跟惡夢一樣。腦袋現在仍無法追上現實，只有走投無路的感覺。雖然記得火葬場內細煙飄升的畫面，但仍祈禱著「如果這是場夢就能快點醒來」，並覺得自己真是難以死心。

現在，桔平只能存在回憶中了，但好想見他，如今也只能依循這個想法作畫——

千鶴看著草稿。

不對。

突然沒有了自信。桔平的臉不是這樣，他的表情應該更柔和一點才對。和他筆下的畫相同，他是個細膩、重情意的人。為什麼沒辦法畫得更好呢？

因為我是騙子？

突然回想起網路上的罵聲，髮際冒出了冷汗。心臟劇烈跳動，自己的心跳聲好吵。停在院子樹木上的鳥叫聲也好吵。拜託，安靜下來。千鶴放下鉛筆，用手摀住耳朵。

「千鶴妹妹。」

重雄不知何時進到她家院子來，一臉擔憂地低頭看她。

「妳怎麼了？身體不舒服嗎？」

「不好意思——」

「要不要去看醫生？」

「我沒事，只是有點耳鳴而已，不好意思，讓你擔心了。」

千鶴勉強自己露出笑容，用手背擦拭汗水。最近症狀已減輕許多了，但仍有一點失落感地壓在胸口。

千鶴罹患適應障礙症之後就停止了工作，醫生說如果她勉強自己繼續工作就會變成真正的憂鬱症，所以才決定遠離一切。實際上她也畫不出來了，即使獨自待在房裡，也會對任何小聲音感到礙耳且不耐煩，並陷入坐到桌子前都很痛苦的狀態。

定期就醫後才知道，對聲音過度敏感也是症狀之一，之所以想避開人群，也是因為只要開始在意起聲音，就讓她想要尖叫。

「我進屋裡去喔。」

千鶴起身後，重雄舉起一隻手阻止她。

「如果不介意，要不要去散個步，心情可能會好一點。」

讓重雄替她擔心了。

「我帶妳去之前提到的肉舖。」

「我現在不太餓。」

「妳不是說喜歡吃可樂餅嗎，剛炸好的很好吃喔，很酥脆。」重雄熱情地推銷。

「感覺不錯呢。」

雖然這樣回答，但千鶴卻沒有起身的力氣。

「如果吃不了炸物，那吃牛排怎麼樣？」

牛排？這出人意表的理論頓時緩解了緊張感，連可樂餅都感覺吃不下了，牛排就更難吞下肚了吧。

「對不起，牛排有點……其實我不太有辦法吃肉塊。」

「哦喔。」

「我好像從小咀嚼力就不是很好。」

柔軟容易食用也是喜歡可樂餅的原因之一，原本就不太喜歡吃牛排，咬著咬著就會讓千鶴的下巴覺得累。

「大概就是因為這樣，我才會禁不起打擊，工作上的事情也是，一下就覺得沮喪。要是能成為就算是這種時候也吃得下牛排的人就好了。」

在網路上引發論戰就沒辦法工作，這都是因為自己太過軟弱，連吃硬的食物都想逃避，就是這種個性造成的吧。事情太過棘手，自己咀嚼堅實的力量太弱，所以才會立刻就想逃跑。

「妳太誇張了，沒必要把食物的喜好和工作連結起來吧。」

重雄豪爽地大笑。

「而且如果不擅長吃硬的肉，那吃軟一點的肉就好了啊。那家肉舖什麼樣的肉都有，如果吃不了大塊肉，也有骰子肉喔。」

「就算切成小塊，硬的食物還是硬的食物。」

「妳好頑固喔，那就吃漢堡排好了。」

重雄斬釘截鐵地說。

「就算顎關節軟弱也能吃，甚至連裝假牙的也咬得動。」

「高井戶先生有假牙嗎？」

「現在是在挑我語病嗎？只是比喻而已，我牙齒很健康，都這把年紀了也沒缺牙。嗯，因為我都會定期去找牙醫保養啦。牙齒健康很好喔，什麼都能吃，吃什麼都好吃。」

總體來說，重雄的自誇會講很久，照這樣下去，不只肉舖，感覺他還會帶千鶴去他推薦的牙醫診所。

「喔，妳覺得比較舒服了嗎？」

在和重雄聊天的時候，心跳也平復了。

「好像是這樣呢，全都多虧了高井戶先生。」

「好，那我們去散步吧，栗子也想去散步了。」

這才注意到，栗子在重雄身邊用力地搖尾巴，千鶴先進屋一趟把素描簿放下。

走在冬日晴朗的道路上，距離重雄半步之遠，栗子也陪在身邊。看見栗子聽到重雄說出散步的瞬間立刻用力搖起尾巴，著實讓人嚇了一跳，聽重雄說牠總是這樣，我又嚇了一跳。牠理解「散步」這個字的意思，雖然小雪也令人感到驚訝，但栗子也實在非常聰明呢。

栗子意氣風發地在千鶴和重雄前面不停前進，不愧是大型犬，步伐大，速度又快。

「你的腰好了嗎？」

「託妳的福，如妳所見，已經沒事了，謝謝關心。」

大概治療極具效果，今天重雄沒有護著自己的腰，並牢牢抓著栗子的牽繩控制著牠。

「哎呀，你好啊。」

從對向走來的老婦人對重雄打招呼，她牽著吉娃娃，兩隻狗鼻子貼近後互相打招呼。

走在旁邊的千鶴也對老婦人致意，之後也停下腳步，和牽著豆柴的中年男性短暫交談。經過花店的時候，看似老闆的男子也和重雄打招呼。千鶴曾聽過，如果牽著狗就會增加許多朋友，重雄一路走來都是這種狀態，來來往往的人一個接一個和重雄說話。

「你人面還真廣耶。」

「沒有啦，大家都是街坊鄰居啊。」

重雄理所當然地說道，感覺他對街坊鄰居的定義和千鶴有點不同。但話說回來，千鶴至今不曾像這樣和鄰居們親密地問候、打招呼。不知是因為這個城市本身的氣氛，還是因為重雄友善，或者以上皆是，就在千鶴思考時，身穿白衣的年輕人從一棟住商大樓裡走出來。

他看見重雄，熟識地舉起一隻手。

「高井戶先生，你好嗎？」

「喔，師傅，多虧有你，我很好喔。」

「最近怎樣啊？」

年輕人邊說邊敲敲自己的腰。

「還可以、還可以。」

「什麼還可以，我看你健步如飛啊，很棒喔，針灸的效果顯著呢。」

年輕人輕快地回應之後，從口袋裡拿出了香菸，稍微看了千鶴一眼。

「這位是你的朋友嗎？」

「是我的鄰居，島村小姐。」

千鶴致意後，年輕人回以親切的笑容。

「是喔，鄰居小姐，今天要上哪去啊？」

「我請高井戶先生帶我到附近的肉舖，我才剛搬過來，對這邊不太熟悉。」

「高井戶先生可是寶刀未老，對這裡非常了解，妳可以請教他很多事。」

年輕人自豪地笑瞇了眼。

寶刀未老？

「那，改天見啦。我在這家針灸店工作，有什麼問題隨時可以來找我。高井戶先生也是，稍微有點痛了就別忍耐，要馬上來喔。忍耐也不會變好的，請不要在這種心態上較勁。」

「好啦、好啦。」

重雄苦笑著，還是第一次看見他的氣勢比不過對方。

這個年輕人看起來比千鶴小了幾歲，和重雄的年齡差距大概可以當父子了吧，但他說話相當不客氣，重雄看起來也沒有不高興，感覺是能交心的朋友。

「剛剛那小子，別看他那樣，他的技術很好，在這附近的評價很高。明明還那麼年輕，真是了不起呢。」

再次邁步向前的重雄如此說道。

「你是老顧客了嗎？」

「也沒有那麼老，但最近常受到關照。」

「果然是腰的問題？你之前也說有去看過骨科。」

雖然猶豫著不該問太隱私的問題，但實在令人在意。

「我有腰椎管狹窄症，嚴重時腳會麻到無法走路。」

大概發現千鶴想問的心情，重雄直接說出了自己的病症。

「沒辦法走路，那不是很嚴重嗎?!」

「嗯，但那是最嚴重的情況，只要到醫院打神經阻斷止痛針就能止痛。不過，上了年紀之後，身體都會出現大大小小的問題啦。島村先生也會去剛剛那家針灸院喔，那個人也有腰痛問題。」

舅舅除了腎臟病之外也有腰痛啊？他什麼也沒說，但身體確實會有各種不舒服啊。

「畫家成天都坐著對吧，算是職業病啦。我們常常在那家針灸院碰面，候診時還會互教對腰痛有效的體操。他是我的好夥伴，他走了讓我寂寞啊。」

「你真的和我舅舅很要好呢。」

「我們都是單身，非常談得來。」

「高井戶先生一直都是單身嗎？」

「不，我之前結過婚，但現在是堂堂正正的單身貴族。」

「不好意思，我沒有要探你隱私的意思。」

「沒關係啦，不用道歉。雖然很丟臉，但我老婆跑了，也就是所謂的熟年離婚[11]。但我現在有栗子，一個人一條狗也過得很融洽。」

聽見自己名字的栗子搖搖尾巴。

「島村先生常常提起妳的事情喔。」

「舅舅嗎？他說了我什麼？不介意的話可以告訴我嗎？」

「他說妳的畫很棒，那是在誇耀自己的外甥女呢。」

千鶴搖搖頭。

「才沒有，我的畫才沒有他說得那麼好。」

「妳還真是悲觀耶。」

重雄笑到肩膀都在抖動。

「島村先生真的很常炫耀妳喔，妳成為插畫家時他也非常開心。他很開心地說妳和他不同，妳的畫非常溫暖。我對畫完全不懂，他卻對我這樣說，由此可知他非常看重妳的繪畫天分。」

千鶴不知該如何回應才好，於是又搖了搖頭。

「妳不用這麼謙虛沒關係啊。」

「不是謙虛，我已經畫不出來了。」

深藏在心中的不安從嘴裡流洩出來。

「妳剛剛不是還在畫嗎？」

11 日本所謂的「熟年離婚」，指的是婚齡超過二十年的離婚夫妻，或是在孩子離家自立後決定離婚的夫婦。

「那不行，完全不行……」

「怎麼會不行？我覺得，那張畫呈現出島村先生的人品，是相當有味道的一幅畫喔。」

「那只是空有其表，不過是複製畫而已。」

與千鶴相比，桔平筆下的人物畫具有決定性的差異。

只是把看見的東西直接畫下來，這種畫不具任何魅力。打個比方，就跟唱得很棒的卡拉ＯＫ一樣，只是抓到音準，但無法吸引任何人。根據網友們的評價，千鶴的插畫就是這樣。

之所以停止了工作，是因為某個社群帳號指出，千鶴的作品複製了一些攝影家的作品。但氣氛雖然類似，千鶴覺得這不過只是偶然，因為她認為在構圖、姿勢與主要人物等許多方面，都是只有自己才畫得出來的元素。但複製他人作品的疑慮，卻被當作事實看待。不僅如此，千鶴的其他作品也被抨擊只會模仿沒有任何原創性，千鶴因此被貼上「騙子畫家」的標籤。千鶴十分恐懼，就在她不清楚到底是誰在攻擊她，感到驚慌失措之際，原本安排好的工作被一一取消，她的解釋只被當成狡辯，委託的工作就此銳減。

因為也給客戶造成麻煩，她不得已只能去向各方低頭道歉，但很不可思議的是，她慢慢覺得，自己好像也有責任。

也許正如社群網站上說的，她工作的方式太不謹慎。有人指出，千鶴的插畫是複製別人的照片，而且還有許多人相信，這就代表她的畫沒有力量。如果擁有斷然否定謠言的力量，那一開始就不可能引起網友的抨擊。當這種想法出現的瞬間，她就沒辦法畫畫了，也因此停止了工作。

怎麼辦？

千鶴又開始冒冷汗了。

臉頰感受到重雄的視線，他大概被話說到一半就突然沉默的千鶴嚇了一跳，開始為她擔心。這個人也認識桔平，現在和千鶴同樣是孤單一人。思考至此，千鶴的情緒煞車器開始鬆懈，也讓她想試著全說出來。

重雄靜靜聽著千鶴說話。

「原來妳遇到了這種事啊，肯定相當痛苦吧。」

「我因為那場騷動而完全沒辦法畫畫了——也對人感到害怕。」

雖然還能問候、打招呼，卻沒辦法深入聊天。和客戶見面時，也感覺對方心裡一定在想「這就是傳聞中複製照片的插畫家啊」，因此無法正視對方的臉。但這完全是千鶴的自我意識過剩，即使理智上明白，依然覺得她的所有作品都會遭人質疑，抨擊她是個騙子，只要面對客戶，就會讓她開始呼吸困難。

不知不覺，她變得完全無法畫畫了。只要想起網路上的惡言惡語，就感覺沒有任何人想要自己的畫。來到這個家之前，她甚至連拿起鉛筆都試著迴避。只要勉強自己作畫，就會像剛剛那樣在意起細小的聲音，並覺得難以忍受，這都不是戴上耳塞就能解決的問題。

只不過，只有在施行「貓語」時沒有這些問題，她自己也不清楚為什麼，或許是被死者說話時的心意影響吧。

重雄帶千鶴來的肉舖，是一間小而樸實的店家。千鶴被推薦買了現成的漢堡排，因為家裡有冷凍白飯，今天晚餐就用這個解決吧。但重雄卻意外地開始不說話，回程時兩人完全沉默。難得他特地為了千鶴帶她出來散步，真是太抱歉了。

是不是造成反效果了啊——

突然對重雄說了那麼沉重的事情，讓他開始傷腦筋了吧。

「非常感謝你。」

回到家門前，千鶴向重雄鞠躬道謝，此時重雄卻把栗子推到千鶴面前。

「妳摸摸牠。」

「咦？」

「別多問啦，我不會騙妳的。」

千鶴聽話摸了摸栗子的胸口，好溫暖，栗子發出帶著鼻音的「呼嚕」聲，舔了舔千鶴的手。

「哦喔，妳不怕狗啊。」

重雄的聲音宛如從天而降。

「要是不小心亂摸栗子，栗子可是會咬人的喔。」

千鶴慌張地把手抽回來。

「開玩笑的啦。」

他說得一臉認真，玩笑話聽起來也不像玩笑話了。

「妳不要那個表情，栗子才一歲，而且牠沒有咬人的壞習慣，不用害怕。」

確實如此。都因為重雄說出口的話莫名具有魄力，不小心就當真了。

「但是啊，該怎麼說呢……那個啊，妳也不會怕我對吧。我現在只是個平凡的老頭子，但以前可是有名的兇惡警察呢。」

「什麼！」

雖然嚇了一跳，但想起剛剛針灸師說的話。寶刀未老啊。對這個地區如此了解，正是因為他曾經是個警察，眼神犀利也是工作的緣故。原來如此、原來如此，千鶴終於理解了。

「或許現在依然兇惡——也說不定呢。」

「是喔，這樣喔。」

重雄那張達摩似的臉整個笑開了。

「所以說，不是妳害怕人，而是有人故意讓妳怕他。不是世上所有的人都這樣，而是只有一小部分的人如此罷了。」

「是這樣嗎？」

「就是這樣。」

彷彿握有明確的證據，重雄的口氣具有威嚴，且充滿自信。

「好了，趕快回家吃漢堡排吧。就是因為餓著肚子，人才會變悲觀。煩惱時就先吃好飯、睡好覺。人很單純的，只要吃飽就會想睡覺，睡飽後不管是誰都會變得神清氣爽。沒有什麼煩惱是睡覺不能解決的。」

重雄說得自信滿滿，斬釘截鐵。

這一瞬間，彷彿有什麼東西打在了心上。就試著相信重雄說的話吧，有像他這樣鼓舞自己的人在身邊，真是令人感激。正如重雄說的，這個世上有討厭的人，但也有溫柔的人。

是的，這裡就有一個。

回到家中，桔平出現在起居室裡，正看著擺在桌上的素描簿。他變成鬼魂回來了。

「歡迎回來。」

「舅舅！你能回來了啊！」

「是啊，對不起這麼晚才回來。」

「不會啦，沒關係的。」

小雪待在桔平腳邊繞圈圈，還發出呼嚕聲。小雪站起身體朝桔平伸出頭，牠想要桔平摸牠。

「喵。」

但桔平伸出的手卻穿透小雪的身體，即使小雪再怎麼努力站直身體，也還是碰不到，還因為太用力讓牠往後倒，每次倒下都讓小雪發出不滿的叫聲。但牠仍不放棄，不停站起來朝桔平伸出頭，卻又不斷趴倒。

小雪最後終於放棄了，尾巴無精打采地垂下來，仰頭看著桔平。

「對不起喔。」

這畫面實在令人心痛。小雪露出鬧彆扭的表情好一會兒，不知不覺就把自己的頭靠在前腳上睡著了。

「好的。」

桔平重新轉過頭看向千鶴。

「我有事情要拜託妳。」

「是關於『貓語』嗎？」

千鶴搶先說了出口，桔平睜大了眼睛。

「咦？妳為什麼知道？該不會已經有人找上門了吧？」

「舅舅也太悠哉了吧，已經有兩個人找來了。」

「有兩個人？……那麼，這兩位是？」

「當然是鬼啊。什麼嘛，舅舅明明知道我在說什麼。」

千鶴嘟起了嘴，桔平一時覺得過意不去便低下了頭。

「真是太抱歉了，嚇到妳了吧。」

「那是當然的啊，我都嚇到快腿軟了。」

「抱歉、抱歉，真的對不起。我還以為我不在，鬼魂們也會放棄，我應該要好好跟妳說明才對。」

桔平不停道歉，見他這樣，反而讓千鶴對故作生氣的自己感到抱歉。起初當然會嚇一跳，但她沒有氣桔平，反而是在等他，她認為桔平應該會變成鬼魂回來。

「已經沒關係了，總之都解決了。」

「我原本打算盡快告訴妳的，我以為我還有時間，沒想到走得這麼快，真是傷腦筋。對不起，我是在埋怨自己。」

「別在意，第一個人很親切，告訴我很多事情。舅舅一直擔任『貓語』的中間人對吧，只要我繼承你的工作就好了嗎？」

「總覺得，今天的千鶴悟性很高呢。」

桔平端坐起來佩服地說道。這樣的互動與他生前一模一樣，讓千鶴在心中悄悄升起一陣感動。

「因為你說有事情要拜託我嘛，而且能照顧小雪的也只有我了，所以我想應該就是這件事了吧。」

「妳願意接下嗎？」

「嗯，好的。」

如果是不久前的千鶴，應該會退縮。面對不認識的人，而且還是鬼魂，她應該會說「完全辦不到」斷然拒絕。但實際做過之後，她感覺這是非常寶貴的經驗。請逝者說出他最幸福的回憶，見證他最後一次重逢的場面，普通人的生命不可能會有這樣的機會。

「可以嗎？」

雖是自己提出的請求，但桔平相當意外。

「如果還有其他人能接就另當別論，但如果我可以，我願意做。取而代之的是，我可以住這個家嗎？」

「當然可以，原本也只有妳一個繼承人。妳願意住在這裡真是幫了我大忙，同時也是為了小雪。」

桔平有留下遺囑。

他說已經把這棟房子和存款全交給律師保管了，律師晚一點應該會主動聯絡，千鶴只要靜心等待就好。關於「貓語」，他也整理好了相關歷史與傳承下來的規則等事項，並要千鶴記得看。

「那肯定跟你房裡的那本古書內容一樣吧？我已經看完了，雖然有點難，也不是全部都能理解啦。」

「這樣啊，那就好說了。那是每一代的中間人傳下來的備忘錄，妳果然有資質。能看見鬼魂和鬼魂的溝通也是一種證明，妳還靠自己的力量找到了備忘錄。那是中間人在交接時，傳承給下一代的物品。我不在都還有鬼魂上門，那肯定是被千鶴吸引過來的，他們一定覺得這個人可以幫上忙。」

聽到舅舅這麼說，千鶴想起那兩人的臉。如果是自己引導他們過來的，那真是榮幸；但反過來說，也感覺肩上背負了重擔。

「不知道耶，如果真是那樣，我就得回應來訪之人的期待才行。我會好好坐下來細讀備忘錄的。」

「另外一個抽屜裡，也收了一份白話文的翻譯。」

「真不愧是老師啊。」

不愧是退休的老師，桔平準備得真是周到。有白話文的翻譯真是幫了大忙，先別說要去翻古語辭典，那本書的文字是用行書體寫的，還參雜了很多難以解讀的文字，千鶴根本看不懂。

「如果妳覺得無法負荷也可以不做，我希望妳知道，隨時都有這個選項存在。」

「但我如果不做，就會有人因此傷腦筋吧。」

「——沒關係。」

桔平的口氣雖然一度躊躇，但最後卻說得直截了當。

「本來，死亡就代表了結束。跟世上所有的一切道別本就是理所當然，其實我原本也只打算做到我這一代就好。」

「這樣啊，為什麼呢？」

千鶴雖然有點猶豫，但還是問了出口。

「因為太辛苦了，妳做過之後應該能明白，借用貓咪的身體說話，這不是正常人輕易就能相信的事情，我當中間人的時候，每次都為了說明費盡千辛萬苦。這麼麻煩的工作，我實在無法交給可愛的外甥女來做，但是——」

「但是？」

「我改變心意了，只要妳不排斥，我希望妳來當中間人。」

「可以呀，我原本就打算這麼做，但你為什麼改變心意了呢？」

「大概是因為，希望妳繼續畫畫吧。就算現在還做不到，我也不希望妳放棄畫畫。我相信妳能再次回到繪畫的這條路上，妳畫在素描簿上的，都是妳在施行貓語時聽到的故事吧？」

桔平說完，又低頭看著素描簿。

「不介意的話，也可以讓我看看其他畫嗎？」

桔平如此說道。千鶴為他翻過了頁面。

「妳的畫還是這麼溫柔。」

桔平低語說著，笑皺了眼角，他眼神柔軟地看著素描簿上的畫。他現在看的是前陣子洋一施行「貓語」時的回憶。桔平果然知道千鶴放棄當插畫家的事情，他或許還看過網路上的風波。

「回憶彷彿正對著看畫的人說話，看到這些畫的人會很開心吧。感覺一靠近就能走進畫中一樣，嗯，真的很棒。妳自己也這樣覺得吧？」

「有點難講耶。」

聽到桔平誇獎果然令人開心，千鶴確實也覺得，這和她之前畫的畫不太一樣。

「該怎麼說呢……當中間人時，感覺自己的存在好像消失了——不是為了自己，而是為了誰而畫畫，所以沒有想那麼多吧。」

千鶴開始自問自答。

「這樣啊，如果未來只能畫出施行『貓語』的作品，妳還想不想繼續畫下去呢？」

把他人的幸福回憶畫下來時，就不會去在意聲響，手就自然地動了起來。進入對方的故事中，用對方的眼睛去看重要的那個人，此時就能忘記渺小的自己，有一種直接碰觸到對方思緒的感覺。能把某個人的重要回憶留下來，自己就會感到開心，所以才會積極想要接下中間人的工作，我想一定是這樣的。

最後，桔平用鄭重的口氣說道：

「對不起，小雪也拜託妳了。我突然住院，意外過世，小雪應該也很驚慌不安。就算沒有發生這些事，她本來就愛撒嬌，也討厭自己看家，我真對不起牠。」

「這是當然的。雖然牠跟我還不太親近，但我會代替舅舅好好照顧牠。」

「才沒這回事，牠現在也離妳很近啊。貓咪會離不喜歡的人遠遠的，小雪喜歡人家摸牠，牠會待這裡是因為在等妳摸牠喔。」

「是、是這樣嗎——」

「妳伸手摸摸看就知道了。」

聽桔平這麼一說，千鶴就朝小雪伸出手。剛摸到牠柔軟的背，牠的耳朵便微微動了一下，還發出喜不自禁的聲音，翻了個身。

「妳看，牠讓妳摸牠了。」

千鶴點頭點到幾乎耗盡力氣。

「小雪啊，千鶴是我的繼承人了，妳要好好跟她相處喔。」

（真拿你沒辦法耶。）

咦？

似乎——聽到一個細嫩的聲音。

「她是我的外甥女，完全不需要擔心，她會好好做的。」

（誰知道呢？希望不要只是在偏袒親人啊。）

甜美的聲音略帶鼻音，但話卻說得有點狠。沒錯，這個有點狂妄的語氣就是她。小雪正在說話。

看見千鶴瞠目結舌，桔平噗哧一聲笑了出來。

「這樣一來就得到了小雪的認可，千鶴是正式的中間人了——妳聽見了，對吧？只要成為中間人就會這樣，因為最終決定中間人是誰的，就是小雪。其實本來只有在施行『貓語』時才能和小雪說話，但現在是交接的特殊時刻，所以牠才破例和妳說話的。」

彷彿是在肯定桔平的說法，小雪瞇起了眼睛。

（就是這麼回事。）

說話的態度還是這麼狂妄。

決定中間人的權力握在小雪手中，當繼任的候選人出現時，牠就會讓對方能和鬼魂對話，然後暫時觀察狀況。如果通過了考驗就能得到小雪的認可，接著就能正式成為中間人了。

「雖然是很辛苦的工作，但有小雪在就沒問題。自古以來就有異色瞳貓咪會帶來幸福的說法，牠們雖然體質比較弱，但很溫柔，會如實地回應我們的心情。」

「別擔心，我會代替舅舅全力照顧好牠的。」

聽到小雪的體質弱就開始擔心了起來，擁有特殊的眼睛，或許也需要擔負這樣的代價吧。但我會好好照顧牠的，會讓牠活得健康又長壽。

「小雪，太好了呢，就讓千鶴好好疼愛妳吧。」

小雪望向遠方，摺起手手，沉默地鬧著彆扭。桔平說的話像是在做最後的告別，牠大概是感到傷心吧。正因為理解小雪，桔平也憐愛地看著牠。

「那麼……」

桔平終於轉過頭來，此刻已到分離的時間。
感覺還有更多想問、想說的事情，卻一句話也說不出口，正如洋一和真奈說的一樣。
好喜歡桔平的人物畫，一直都在追逐他的背影。
一切的事物遲早都會遠去，無論悲喜，所有的事物都無法長存。一切都會改變，總有一天都會結束。即使如此，為了留下重要的回憶，就要提筆作畫。
將來有一天，千鶴會習慣生活在這個家裡，接受失去桔平的日常，也會停止流淚。無論多麼痛苦，只要活著，胸口的傷痛就會一點一滴慢慢恢復。即使不想遺忘，記憶也會逐漸變淡。人就是這樣，會用盡手段活下去。
「要保重啊。」
桔平笑了。
「謝謝你。」
沒辦法回他「改天見」真是讓人感傷。
真希望永遠不會忘記這個笑容，千鶴看著桔平逐漸消失，如此想著。

第三話

第一個盂蘭盆節

1

今天也是一大早就聽到外頭的蟬鳴。

立秋已過，曆法上早已入秋，但還是暑氣逼人。庭院中的向日葵依舊欣欣向榮，看來還能多欣賞一陣子。

排除廣播體操，千鶴孩提時代很喜歡夏天。陽光照得花草活力四射，畫起素描來也很開心。所以說，她暑假時大多都在外頭度過，現在這身慘白的肌膚也曾曬得一身黑。雖然已經遠離了用全身享受夏天的年紀，但最近的千鶴稍微找回了孩提時代的感覺。

搬回桔平留給她的家之後，讓她回想起早晨很舒服這件事。

當窗簾那頭開始明亮起來，自然而然就會醒過來。和廣播體操的音樂一同起身，把家裡的窗戶全部打開通風，這已經變成她每天的習慣。不管天氣多熱，天亮後仍有一段時間還很涼爽。就算不擅長的早起，只要習慣之後也能變得稀鬆平常。早睡早起——她對這種健康的生活感到滿足。

或許因為這樣，她身體狀況相當好。開心的是，適應障礙的症狀最近也緩解了許多。如果可以，真希望就此痊癒，每天都祈禱著能早日回到過去健康的狀態。

今天會有客人上門，千鶴早在幾天前就開始做準備。

她比平時更仔細打掃家裡、清除庭院雜草，最後還在玄關前擺上小馬飾品。

那是用小黃瓜製作、並排在一起的兩匹精靈馬，這是為了在第一個盂蘭盆節，迎接桔平和亡母而準備的。

真是不錯，雖然自賣自誇但做得還真不錯，正當千鶴感到自豪時，突然出現了一個人影。

「喔，真厲害呢。」

聽見粗獷的聲音，千鶴抬起頭，牽著栗子的重雄岔開雙腳站在面前。重雄POLO衫搭配休閒褲的輕鬆打扮，額頭冒出薄薄的汗水，他似乎剛結束早上的散步。太好了，他最近腰的狀況好像不錯。

「我還是第一次看到這種精靈馬，真是精緻。」

「一動手就變得欲罷不能。」

聽到重雄如此佩服，千鶴也驕傲了起來。精靈馬的做法是重雄教她的，但重雄只教她拿竹筷插在小黃瓜上當作精靈馬的四肢，做法很簡單。但千鶴卻覺得這還不夠，於是還自己動手做了精靈馬的前腳、後腳和頭，接著還把裝飾用的鬃毛弄捲，成品就像隨時都會動起來一樣，非常漂亮。這不是自誇，真的帥氣到不行，老實說，她從剛剛就在這邊等著重雄現身，超想讓重雄親眼看一看。

「妳真厲害。」

「謝謝誇獎，如果祖先們也感到開心就好了。」

一如期待，得到重雄的誇獎，千鶴綻放了笑容。

「但妳擺的方向錯了喔。」

重雄「嘿咻」一聲彎下腰，把小黃瓜精靈馬拿起來，轉了一個方向。

「因為要迎接亡者回家，所以頭要朝著家裡的方向。」

「但這樣一來，他們回來時不就會看見精靈馬的屁股對著他們？」

「所以妳才把頭朝向外面啊。嗯，原來如此。」

重雄用手掌摸了摸下顎。

「妳說得也有道理，但把頭朝向外面，不就反而是教馬離開家嗎？」

「……好像是這樣沒錯。」

正如重雄說的，精靈馬是要把回家的精靈送進家裡的。

「話說回來，為什麼會有兩匹馬？」

「是為舅舅和我媽準備的，我媽在我十九歲時過世了，這裡是我媽的老家。」

「原來是這樣，另一匹是妳母親的精靈馬，她應該還很年輕吧？」

「是的，她身體原本就不太好——如果她能和舅舅一起回來就好了。」

千鶴看著精靈馬低聲說道。

「嗯，島村先生看見這匹精靈馬一定會很開心。」

重雄笑皺了眼角說道。

「我已經可以想像他興奮地說『怎樣，很棒對吧』，然後騎馬到處跑的畫面了。」

「聽說他年輕的時候，有段時期會騎重機到處跑，雖然我沒見過。」

「這樣啊，那肯定很受歡迎。」

「不知道耶，我也沒聽他提過這些事。」

「我也不知道，但他的腿那麼長，跨坐在重機上的模樣怎麼可能不受歡迎。話說回來，就我所知，我從沒看過他身邊有女性出現，那個人總是躲在房裡畫畫。」

和重雄成為鄰居至今，也已經過了兩個季節。

千鶴和重雄也像這樣能夠閒話家常了。他和桔平關係良好，偶爾會聽他說些過去的回憶。千鶴現在非常清楚，雖然他長相兇惡，但個性爽快親切。桔平過世之後，他就像叔叔一樣，不時關心千鶴，這讓她很開心。

精靈馬也是。

十三日的迎魂式要用小黃瓜精靈馬迎接亡者回來，十六日的送魂式要用茄子精靈馬送亡者離開。迎魂時要跑快一點，所以用纖細的小黃瓜，送魂時要盡可能多帶一點供品離開，所以選用穩重的茄子。千鶴雖然看過精靈馬，但這些都是第一次聽說。

母親早逝且與父親疏遠，大概也因為在城市裡長大，千鶴對這些事情並不熟悉。自覺都已經三十歲了，依然不太了解世事，對千鶴來說，重雄的存在真是令人相當感激，就算只是普通的閒話家常，也常常會有什麼新發現。

「喵。」

在玄關前與重雄道別，一回到家中，小雪就站在門前。

「哇啊，嚇我一跳。」

千鶴不禁驚叫出聲。

「喵、喵。」

但小雪不理她，只是抬高了頭，高聲控訴著些什麼。

「怎麼啦？妳肚子餓了嗎？」

「喵！」

小雪的叫聲彷彿表示「不是啦！」，接著用前腳抓住了千鶴的小腿，使出爪子喵喵叫個不停。

不是肚子餓，那是怎樣？

千鶴蹲了下來，但不知為何卻無法和小雪對上眼。牠越過千鶴一直看著某一個點，而且還睜大眼睛，豎直了尾巴，尾巴的尖端也不停顫抖。討厭！是誰站在那邊嗎？可能又有人來拜訪了，但這也很正常，畢竟現在是盂蘭盆節。

千鶴戰戰兢兢地轉過頭——

「我回來了。」

不知何時進來的，門前站了一個人。

千鶴頓時啞口無言。

「舅舅！」

「喵！」

「那個——」

「喵～喵。」

就算桔平開了口，但小雪一直插嘴，讓他無法好好地說。

這也是情有可原，因為牠一直很寂寞啊。小雪片刻都沒有將視線從桔平身上移開，從旁就能看出牠用小小的身體，全力表現著「好開心、好開心」的心情。這與平常對待千鶴的態度簡直大相逕庭，讓人內心感到有點嫉妒。兩人已經生活一段時間了，但千鶴果然還是沒辦法取代舅舅。

「小雪，我回來了。」

「喵！」

「妳過得好嗎？」

「呼嚕嚕、呼嚕嚕。」

桔平對重逢也同樣開心，笑彎了眼角，憐愛地看著小雪的眼神有些感傷。他應該很想摸小雪，但他已經無法碰觸牠了。

為了讓小雪冷靜下來，千鶴等候了一段時間，最後小雪大概是興奮到累了，「呼」地吐了一口氣，緊緊貼在桔平腳邊，開始用喉嚨發出呼嚕聲。

「終於冷靜下來了。」

「是啊。」

桔平看著千鶴。

「妳一副等了很久的表情。」

「對啊，我一直很期待可以見到舅舅。」

臉頰不聽使喚地鬆弛，忍不住想跟舅舅握手，這才發現——啊，已經摸不到了。明明剛剛才對此感到遺憾，但舅舅回來了，人就在眼前，而且還能對話。

「外面的精靈馬是妳做的嗎？」

「嗯。」

「謝謝妳，我第一次看到那麼帥氣的精靈馬呢。哎呀哎呀，真厲害。」

桔平用有點逗趣的態度誇獎千鶴。

「為了讓舅舅可以早一點回來，我可是卯足了幹勁。」

「遠遠看也很醒目呢，不愧是插畫家，在我們的世界也可能會大受好評喔。」

「我們？」

總覺得有不好的預感。

「嗯？當然是鬼魂同伴啊。」

桔平說得理所當然，千鶴卻直冒冷汗。

「……果真如此。」

一想到門前的精靈馬旁邊圍繞著黑壓壓的一群鬼，千鶴就直搖頭。那很傷腦筋耶！老實說，千鶴還是很害怕面對鬼魂。今年還沒有鬼魂來訪，因為時間隔了太久，現在的她幾乎回到了毫無經驗的狀態。而且之前只是剛好碰到兩個好人，千鶴內心真的很害怕，該不會哪天會有惡鬼找上門吧？

「我開玩笑的啦。」

桔平笑了出來。

「對不起，稍微捉弄了妳一下。」

「討厭啦！」

啊啊，嚇死人了。舅舅真是的，該不會過世後變壞心了吧。

「總之，看妳過得很好我也放心了。」

桔平看著千鶴的臉，感慨甚深地輕聲說道。

「舅舅才是——這件襯衫很好看耶。」

「因為我很喜歡啊。多虧了千鶴，我才能繼續穿著它。」

桔平身穿深藍色的襯衫站在面前。

果然很適合他。千鶴知道桔平很愛惜這件襯衫，穿了好幾年。桔平的五官端正，非常適合穩重的顏色。

再次重新看看桔平，除了變成了半透明人，他一點也沒變，年過六十依然時尚有型，還是千鶴最喜歡的舅舅。

「雖然有點晚了——歡迎回來。」

自己說出口後，感慨甚深。

原以為早已習慣孤單，但現在開心得連自己也感到意外。

「總覺得真不好意思。」

桔平搔搔頭。

「有一種『明明已經道別，但又跑回來了』的感覺對吧，真是死纏爛打。」

「才沒那回事，我很高興你回來，而且大家都會在盂蘭盆節回來啊，雖然其他人看不見。」

「是啊，大家都會回自己家。而且千鶴能看見的，基本上只有來找小雪的鬼魂而已。」

「是這樣嗎？我都不知道。」

「如果不是那樣，妳也會很傷腦筋吧？我們的同伴數量可是很驚人的，要是全部都能看見，那可不得了。」

……嗯，這真的很傷腦筋。看不見真是太好了。

「今天只有一個人？」

「不，兩個人。」

「什麼？」

心臟猛烈一跳。千鶴忍不住站起身四處張望，但看到的只有桔平一人。該不會在外面吧？千鶴用力拉開門，門前站著一個陌生男子。

「初次見面。」

和男子對上眼，他開口致意。

「突然造訪很不好意思。」

男子臉色蒼白，大約五十歲左右吧，身穿灰色連身工人服，很不好意思地縮著身體。

「我名叫加瀨，在難得的盂蘭盆節家人團聚之時實在抱歉，承蒙島村先生的盛情讓我上門叨擾了。」

「沒有關係喔，你是舅舅的朋友吧，請別客氣。」

千鶴小聲回應，卻已耗盡了力氣。

還以為是媽媽回來了，千鶴低垂的視線看見了鬆垮垮的襪子。

「不好意思，果然造成了困擾。」

加瀨惶恐的聲音把千鶴拉回了現實，彷彿對自己髒污的鞋子丟臉，他的腳尖朝內往後退。

「不會不會，沒那回事，完全不打擾。不好意思，我還不太習慣。」

千鶴慌張地搖搖頭。

「那個，我看到外面的精靈馬，那是妳做的嗎？」

「對，是我做的，你看到了啊。」

「做得真好，我都忍不住看到入迷了。」

加瀨佩服地說道，這是第三個人誇獎她，感覺又更自豪了。

「聽說會用小黃瓜和茄子，也帶有向祖先報告夏季蔬菜豐收的意思呢。」

「這樣啊，我之前一直很好奇為什麼要用夏季蔬菜，多虧了你，解決了我的疑問。」

「話說回來，您今天來這裡，是想借用這孩子的眼睛見什麼人嗎？」

千鶴用手指著小雪說。

「……啊，是的。」

「請進。」

千鶴笑著歡迎加瀨入內，她用眼神向桔平確認，桔平點點頭。

「真的可以嗎？」

加瀨還是很客氣，千鶴自認為有調整好心情，但他或許已經看穿了千鶴的沮喪。

不行、不行，我可是中間人，得振作點才行，舅舅也在旁看著耶。

2

門打開的瞬間，立刻察覺自己闖禍了。

死了還是改不掉不懂看時機的缺點，加瀨徹很想對自己嘆氣。

應該要改天來才對，偏偏選在一年一度迎魂式這天，恬不知恥地跑上門來，所以才會出現這種尷尬的狀況。和女性持續了一段不太自在的對話之後——

「哎呀哎呀，真的別客氣，快請進。」

大概看不下去，島村插嘴了加瀨與女性間的對話。

「這是我的外甥女，接手了我的工作，現在是中間人。」

聽他這樣一說，兩人的氣質確實相似，都是樸素整潔、氣質高雅的人。

活著的時候絕對跟他們不會有交集，加瀨一鞠躬之後，誠惶誠恐地跨進了屋裡。

島村的外甥女也向他致意。

「我叫島村千鶴，接手舅舅的工作，是現任的中間人。」

她用優雅的聲音自我介紹後看著加瀨。好漂亮，大概三十歲左右吧。

也不知道什麼時候會有人上門，年紀輕輕就接下中間人的工作，應該很辛苦吧。雖然自己也是找上門的人，但還是不禁這樣想。另一方面，也對他們這種人的存在感念在心。死亡這件事，會比活著當時更受到周遭的人忽視。但這也是理所當然的事，即使擦肩而過也沒有人發現加瀨，彷彿戴上了哆啦A夢的道具「石頭帽」，就跟路旁的小石子沒兩樣，沒人會多加注意的狀態。

話說回來，加瀨活著的時候也差不多是這樣，他在心中自嘲。

「彼此也打完招呼了，那我們就去起居室吧。」

因為這原本是島村家，他領著加瀨往裡面走，毛茸茸的白貓腳步輕快地跟在後面。

「小雪，妳這樣我很難走。」

島村苦笑著，即使摸不到仍留著些許生前的感覺，所以有小生物在腳邊轉來轉去時，便會產生一個不小心就會踩到牠的錯覺。

但話說回來，這隻貓看起來好高貴。加瀨想起小時候在家裡附近看見的野貓，她的皮毛光澤完全不同，臉也跟玩偶一樣非常漂亮，讓加瀨想摸一下都顯得遲疑。

看著如高級毛線球一樣，用短短的四肢緊追著島村的貓咪，加瀨不禁歪了頭。

怎麼跟想像中的樣子差這麼多。

難以想像，這隻白貓是能把身體借給鬼魂的特殊貓咪，不管怎樣看都只是隻可愛的家貓啊。現在還緊緊黏著島村……咦？所以說牠看得見鬼魂？太厲害了吧，但牠連看也不看加瀨一眼。

加瀨被領進起居室裡，房間的地板和家具統一是焦糖色，整體的氣氛沉穩。大概超過七點五坪，南邊的落地窗旁擺著畫架。

畫布上一片空白，但附近的圓椅上有一本素描簿。千鶴是喜歡畫畫的人啊，如此高尚的興趣，真是適合住在這種家裡。

「請讓我重新介紹，這孩子是小雪。」

在加瀨環視房內時，千鶴開口說話，她張開手介紹黏在島村身邊的白貓。

「小雪，第一次見到妳，請多多指教。」

即使彎腰和小雪說話，牠也不想理人。

才剛這樣想，但仔細一看，卻發現牠的耳朵朝著自己。看似漠不關心，但有在聽他說話呢。

因為島村說：「只要拜託我家的貓，你就能藉由牠的眼睛和活人見面喔。」所以才會跟著來。但究竟是不是真的呢？真的無法想像。

但話說回來，為什麼是貓呢？如果是狗還能理解，對人類忠心，還能學習才藝。他該不會被捉弄了吧？

（你疑心病真重耶。）

白貓突然轉過頭，圓圓的眼睛仰望著這裡，用鼻子哼了一聲。

咦——？

加瀨懷疑是不是自己聽錯。

（我可以讓你跟人見面，只要你給我布施。）

牠邊說邊甩著尾巴拍打地板。

雖然瞬間覺得混亂，但這並非幻聽，這不是千鶴的聲音，更不是桔平的聲音。果然是這隻白貓在說話，但牠的嘴巴幾乎沒有動，耳朵卻能確實聽到聲音。

雖然不明白其中的道理，但既然聽得見，就只能相信這隻貓正在說話。

（不是幻聽。）

彷彿看穿了加瀨的疑問，白貓插嘴說道。

（管他什麼道理，我確實在說話，聽不見是人類耳朵問題的錯，你們根本聽不見高頻的聲音啊。）

加瀨聽說過這種事，但從沒有這樣的自覺。話說回來，人類的耳朵和貓咪相比，機能上確實差很多啊。

（正是如此，人類的耳朵太弱了。只是因為自己聽不到，就以為我們沒有聲音，說我們好像不能出聲說話，簡直要翻白眼了。）

白貓喋喋不休地抱怨。

我收回之前的發言，這隻白貓不是單純的家貓，也不是單純看得見鬼魂的貓，牠看穿了加瀨的心思還作出回應，根本是隻厲害的超能力貓。

（那麼，你想見誰？）

牠用圓圓的眼睛注視著加瀨問道。

牠微微張嘴，流暢地連續發出無聲的叫喊。

至今未曾想過會發生這麼不可思議的事情，他沒想到死後竟然可以和貓咪對話。

加瀨想起以前公寓房東的臉。

堀篤子女士。

不管加瀨說的事情多麼微不足道，個性開朗的她都會笑著聆聽。如果把這件事告訴房東太太，她肯定會感覺非常有趣，然後睜圓她小小的眼睛說：「竟然還有這種貓啊？」

已經過了很長一段時間，若一切如常就最好不過了，但考量到她的年齡實在令人擔憂。

對她心中有愧，也有些許恐懼。加瀨得年四十七歲，所以房東太太今年應該是八十歲了。因為自己長期失聯，他想要跟她道歉，並表達感謝。他雖然一直想要當面道謝，但他最終做出了忘恩負義的行為，這讓他感到愧疚。死後經過半年，現在仍是個在人世飄盪的孤魂野鬼。

白貓用清澈的眼睛注視著加瀨。

加瀨現在才發現，貓咪左右眼的顏色不同。一隻黃色，一隻藍色。哦，還真是罕見呢。他記得這應該叫什麼瞳的，據說非常吉利。

像自己這種人，牠也願意替自己實現願望嗎？

（可以喔。）

白貓——不對，是小雪發出了訊息。

咦？這該不會是同意了吧，但加瀨的期待也僅在一瞬之間——

（只不過，要我滿意你的布施才行。）

小雪語氣狂妄地加上了這一句。布施啊，我現在身上沒有錢耶。真是的，不管生或死，日子都不好過啊。

在寬敞的起居室裡，千鶴重新說明了施行「貓語」的相關事項。

「只要得到小雪同意，在牠眨七次眼的這段時間內，就可以和生者對話。請問你想要見誰？」

「以前很照顧我的人，但這需要布施對吧。」

「沒錯，請你把人生中最幸福的回憶說給小雪聽，只要牠喜歡你給的布施，牠就會答應你。」

「咦？用這種東西當布施可以嗎？」

不是要錢就太好了，但如果小雪不喜歡，牠就不會當作布施收下，這也令加瀨非常傷腦筋。

太困難了，是不是該說些貓咪可能會喜歡的話題比較好？不對，不管哪一種，加瀨都沒有頭緒。「吃冰連續抽到三次再來一支」，這種回憶應該不行吧？

「如果小雪不喜歡，還有第二次機會嗎？」

「很遺憾，規定只有一次。如果小雪不喜歡就沒辦法施行『貓語』了……」

「這樣一來絕不能失敗，小雪喜歡什麼類型的回憶呢？有什麼提示嗎？」

小雪一臉滿不在乎的表情，彷彿在說：「你自己想。」

「我不清楚牠的喜好，我也才當過兩次中間人而已。」

「那時都說了些什麼？」

加瀨詢問意見想作為參考，島村此時插嘴說話了。

「不好意思，無法透露布施的內容。中間人絕對不能將重要的回憶外傳，這也是規定。」

「這麼說也是。」

「與其遷就小雪的喜好，選擇你內心會因此感到溫暖的回憶比較好，就把你的美好回憶說給小雪聽就好。」

島村爽朗地笑了笑，眼神溫柔地看著白貓。

雖然這樣說——

在四十七歲過世之前，加瀨一直過著乏味的人生，而且接連遭逢不幸。就算倒立也想不出值得說給別人聽的特別過往，或是幸福的回憶。

「怎麼了嗎？」

千鶴很擔心地察探加瀨的表情。

「沒有啦。」

加瀨搔著頭，露出了苦笑。

「要我說出美好回憶，但我一直在想，我真的有那種東西嗎？思考了許久，還是遲遲想不出來。」

「就是說啊，沒辦法立刻想出來嘛。我覺得，就算不是特別閃亮的回憶也沒關係，只要是你認為的幸福回憶就好。」

「這樣啊……」

「例如，有沒有和妻兒一同度過的開心回憶呢？」

千鶴思索著說。

「我一直單身。」

過世時形單影隻，父親已經不在了，跟母親已是絕緣狀態，不要說結婚，就連交往的對象也不曾有過，也沒有放假時能一起出遊的朋友。不僅內向還沒有錢，交友關係自然變得狹隘。

「那麼，你孩提時代的事情呢？有沒有和朋友之間的回憶。」

「嗯……」

小時候更糟，比起開心的回憶，我更先想到的是痛苦的回憶。

「很遺憾，那也……如果我在這種家庭長大，情況應該就會不同了吧。」

加瀨繼續苦笑著。

「我的母親非常懶散，所以我家也很髒，不是我在說，丟臉到我都不敢找朋友來我家。」

母親的身體虛弱，所以沒辦法有穩定的工作；父親在他懂事前病逝，父親死後，母親雖然會到超市打工，但因為她生性懶散，動不動就說很累，所以常常請假。因為沒辦法賺取足夠的薪水，結果加瀨母子都得靠救濟金生活。

當然也有開心的回憶，母親心情好時非常溫柔。雖然也感謝母親將他養大，但總之痛苦的事情更多，很難從孩提時代撈出什麼幸福的畫面。

「不好意思，說這種鬱悶的話題。」

「不會，沒有那回事。」

千鶴搖搖頭。

不行，千鶴如此體貼自己，還幫忙想了各種面向，但自己回應得如此冷淡，讓她傷透腦筋，這怎麼對得起她？但是，真希望她能再多聽自己說說話。

「我死得也很悲慘。」

回想起自己最後的模樣，只能嘆氣。

「別看我這樣，我還只有四十七歲。」

「你這麼年輕就過世了啊。」

千鶴停頓了一拍後如此說道，她的表情柔和。

真是個好孩子，加瀨又更加依賴她的溫柔了。

「看起來很老對吧，大家都說我比實際還要老上十歲。有時甚至會被誤認已經超過六十了，小學時還有嘴巴很壞的人說我長得『跟窮神一樣』呢。」

當時我還想說，「窮神到底長怎樣啊？根本沒有人見過吧。」

但到了現在，不禁佩服雖然是小學生，但這個比喻實在太貼切了。正如他所說的，自己就像被窮神附身，一生操勞到死，死前也確實都非常黯淡。

加瀨在走路途中心肌梗塞，在路旁嚥下最後一口氣，而且倒下的地方還有狗屎。真的是，連死的時候都這麼丟臉。

臨死之際還有其他不幸，雖然身處住宅區中相對寬敞的大馬路，偏偏當時沒有人經過，加瀨因此沒能獲得救助。當救護人員趕到時，加瀨已經變成鬼魂了，他抱著無比遺憾的心情，望著自己邋遢死在路邊的身體。

不僅如此，他過世的時機也不湊巧。

「若能再多活一天就好了，我那天有個很重要的約定。」

「你預定要和誰見面嗎？」

「對，雖然沒有約好，但我打算要拜訪一個很想見面的人。」

如果有見到面，現在也能不留遺憾，順利前往極樂世界了吧。如果最後有把錢還給篤子，並且確實向她道謝的話……

「你有事情想要告訴那個人吧。」

千鶴問完，加瀨點了點頭。

「是的，我就是如此打算才會上門叨擾。但此時此刻，我開始產生這麼做比較好的心情。」

「為什麼？」

「時機不好。我倒下那時正好要去還錢，然後，唯一一個路過的男人就把那筆錢偷走了。這樣一來，即使見到她也只會像在找藉口一樣，還不了錢。我果然被窮神附身了吧。」

這是不幸的最後一擊，好不容易存到錢能還給恩人，卻在準備還錢的一刻被人偷走，真的會死不瞑目。

「什麼，那人不但沒有救你，還把你的錢偷走？這太過分了。」

「是的，太過分了。我的人生徹底糟糕到最後一刻。」

「你在說什麼啊。過分的不是你，而是那個小偷，你該對他生氣才對。」

千鶴的眉尾上揚，白皙的臉頰氣到發紅。

偷錢的是個微胖的年輕人，他接近了倒在路邊的加瀨，沒想到他非但沒有救人，還翻起了加瀨的背包，把錢包裡僅有的兩張千圓鈔票偷走，也拿走了裝著要還給篤子的錢的信封。

「我替你報警吧？」

「沒有證據。」

很感謝千鶴為自己憤怒，但很不湊巧，看見整件事的只有受害者加瀨一人。

「如果附近有監視錄影器，或許還有影片為證。」

「但那邊是住宅區，我想大概沒有裝監視錄影器。」

而且就算有，受害者已經過世了，還無親無故，警方不見得會立案調查。

「解剖的結果，我是死於心肌梗塞，因為看不出有什麼案件的背景，所以警方也沒做任何調查。」

「即使如此，我還是認為不能放任犯罪不管。」

「但是，我不僅死了，親屬也只剩幾乎斷絕關係的母親，而且自己還有前科，我不認為警方會特地啟動調查。」

信封裡除了要還給篤子的錢之外還有一封信，裡面寫著對篤子的感謝。「很開心終於可以還錢了，花了這麼長的一段時間，真的很對不起」等等，這封信他寫得相當用心。

這並非虛情假意，要還的錢也是從微薄的薪水中一點一滴省下來的，他從不奢侈。即使如此，還是無法拭去他得到報應的感受，因為他背叛了篤子的信任，所以才會痛苦得捨不得離開人世，無法前往極樂世界。

之所以沒像千鶴那樣生氣，是因為他把年輕小偷和過去的自己重疊。

一眼就能看出這個年輕人生活窘迫，衣衫襤褸，穿著感覺好幾天沒有換過的鬆垮襯衫以及髒兮兮的長褲，還挺著鬆弛的肚腩。沒錢吃飯卻這麼胖，是因為他都拿便宜的甜麵包果腹，加瀨也曾有過類似的體型，所以他很了解原因。

他是被逼得走投無路才會做出這種事吧，雖然生氣但也能理解。因為他認為，如果在自己生活窘迫時遭遇相同的狀況，可能也會做出相同的行為。

沒錢可還的自己，還有什麼臉去見篤子啊？所以就這樣吧。篤子比親生父母還要擔心加瀨，總是替他著想，若把自己的死訊告訴她，也只會讓她傷心而已。

是吧——

果然還是不要見面比較好，加瀨在心中說服自己。如此一來，篤子可能會以為加瀨仍在努力，就讓她的記憶一直停留在住在公寓裡那個年輕時的自己，這樣或許會比較好吧。

側臉感受到千鶴的視線。

都坦承自己有前科了啊，這也是當然的吧。就算鬼魂沒有實體，但千鶴肯定後悔迎接這種人進家門。

就好好婉拒對方的幫忙，乖乖地離開吧。正當如此打算，並準備轉身時，加瀨就和小雪對上了眼。

怎麼啦——

他在心中詢問小雪。小雪端坐在沙發上，小小的臉蛋趴在前腳上。眼睛往上仰看著加瀨，小大人般的表情，讓加瀨不知為何感到膽怯。

真好，妳肯定不曾有過飢寒交迫的經驗吧。不管人還是貓，出生決定一切。

如果可以選擇，我也想要出生在好家庭裡啊。

這麼好的家庭，起居室裡擺著皮沙發，還有看起來很貴的桌子，這是加瀨完全無緣接觸的物品。

看見自己腳上襪子的拇趾處，已經呈現半透明的狀態了。

小雪緩緩打了個哈欠。

（你是來找我抱怨的嗎？）

牠大概看穿了加瀨的心思，如此逼問。

（如果你不打算給我布施，就快點走。）

小雪把臉趴在前腳上閉著眼，可能因為太過無聊開始想睡覺，所以表現出一副「與其聽你說這種無聊的話，我不如去睡覺」的態度。

加瀨想起篤子曾經說過，貓咪因為很愛睡覺，所以叫做「Neko」[12]。當時加瀨特別羨慕貓咪，記得好像還說，自己也想過上能盡情午睡的日子。

但篤子卻責備他，「老想一些自己沒有的東西，全都無濟於事。」

別人是別人，貓咪是貓咪，自己是自己——

篤子大概想說，「雖然你只是在開玩笑，但有時間嫉妒，倒不如好好精進自己。」她總是說話溫柔，希望推自己一把。

真的還是想見她一面——

這個痛切的冀望，鼓舞了自己。

死也死得不透徹，所以來到了這裡。若要放棄的話，等到被拒絕時再說也不遲，小看自己也無濟於事，至少已經走到這個家了。總之，牠都說願意聽自己說話了，那就順心而為吧。

3

「紅葉莊」，這隨處可見的名字就是這棟公寓的名稱。

室外樓梯，老式，在當時已算是十分老舊的雙層樓建築。高中畢業後搬來這裡時我才十八歲，房東太太已年過五十，我們之間有超越母子的年齡差距。

我一開始覺得她是個囉嗦的老太婆，所以敬而遠之。

因為每次碰到她，就會說我倒垃圾的方法不對，要我把電視聲音轉小一

12 貓咪的日文發音為Neko，語源由來的有一種說法是因為貓咪愛睡覺，所以把「Neruko」（睡覺的孩子）簡稱Neko。

點……淨說一些我在老家時不可能聽到的教訓。我沒有什麼惡意，但每次被她指責這些小缺失，總會讓我嚇一大跳。

雖說如此，每個教訓都合情合理，若是丟錯垃圾垃圾車就不會收走，而且公寓的牆壁也很薄。但不可能連房東都聽得到我房間的聲音，也就是說，是我隔壁鄰居告的密。

除此之外她還會提醒我其他事情。

當我在走廊把衣物從洗衣機拿出來時——

「不可以把白色衣物和有色衣物一起洗，牛仔褲很容易掉色。」

無奈苦笑的篤子，宛如一個教導笨學生的老師。

她的忠告都令人感激，實際上就在此時，我為了上班新買的襯衫完美地被染成了藍色。高中畢業後進入小公司工作的我，只有這一件替換衣物，經濟狀況差到連買件襯衫也沒辦法，當時房東借我漂白水，費盡千辛萬苦才把襯衫漂回了白色，真是幫了我大忙。

「就算覺得麻煩，也要分開洗。」

「好。」

當時的我連這種事也不知道。

「雖然有點麻煩，但晾衣服時要把縐褶甩開比較好，之後燙衣服才會比較輕鬆。」

我沒有熨斗，等存到錢之後就要買一個。晾衣服時就確確實實地把縐褶甩開吧，在這之前，我每一天都為了撫平縐褶費了好一番工夫。

「問候、打招呼，都要先從自己做起。」告訴我這件事的人也是房東太太。在老家起床後看見母親時，也因為覺得不好意思，常常只是點頭示意而已。但在房東太太這樣說之後，我鼓起了勇氣，不管對誰都會自己主動打招呼。

我以為這不過只是打招呼而已，但真相並非如此。當我主動打招呼之後，身邊的人態度也會隨之改變，和原本不親近的上司與同事，彼此的關係開始變好了，工作也變得相當順手。

我在中小型的住宅建設公司上班。

同梯幾乎都是大學畢業，而且年紀都比我大，但我認為，只要有毅力就不會輸給他們。實際上有不少同事都很軟弱，因為這個行業的工作相當辛苦，我也理解公司是好心聘用我的。

我被分發到的是業務部。

我不討厭工作，甚至很喜歡工作，自覺不擅社交的我，在知識上的努力一點也不輸給別人。有很多顧客對我說，我的知識豐富，卻低調不多話，這對販售房屋這種高價商品的業務員來說，反而能夠贏得客戶信賴。我的業績中上，雖然不算顯眼，但我自認很努力。

我二十六歲時就升上了主任，雖然只要工作幾年，幾乎所有人都能坐上這位置，但薪水也提高了。我也成了公寓老鳥，洗衣、燙衣也都難不倒我。

但之所以存不了錢，是因為母親常常來找我要錢。

回到公寓，只要看到電話的留言燈開始閃爍，就會感到憂鬱。

「那個啊，我沒錢了。」

錄音帶中錄下了一如往常的鼻音。

「我覺得自己很節儉啊，對不起啦，給我三萬就好，拜託請匯錢給我。」

又來了。上個月才給她五萬，到底是怎麼節儉的啊？

但也只能匯錢給她，拒絕也沒用，因為放著不管反而會催得更緊，一個不小心還會直接打到公司去。

但話說回來——

給我三萬就好？母親或許覺得這樣很客氣，但沒有人這樣說話的吧？

母親完全無心去理解，要擠出這三萬圓有多麼困難，因為她自己沒有工作，天天都在等人寄錢給她，儘管如此卻還不滿意，什麼叫給我三萬就好?!

雖然升職了，但終究只是個中小企業的上班族，幾萬圓的支出也會覺得痛。而且給她錢之後，不到半個月又會打電話過來。因為覺得她有養育之恩，所以每次都會努力把錢湊出來，但每個月都得費盡苦心才能收支平衡。

我之所以能勉強活下來，全是因為紅葉莊的房租便宜。這棟興建於昭和時代的公寓，一間房只有三坪大，房內雖有浴廁，但建築老朽，而且離車站很遠。但除了我之外，這裡有許多房客也都住了很久，也是因為這樣，房東太太才會一直把房租壓得很低。

我想，房東太太也知道租客們的經濟狀況不好。房東就住在紅葉莊旁邊的獨棟房子裡，就近看著租客的生活。

房東太太告訴我的一切，大概跟一般家庭的父母會跟孩子說的話沒什麼不同。

像是「留下一部分的薪水固定存錢」，或是「為了預防災害發生，可買些能長期存放的東西作準備」等等。當時，電腦和網路才剛剛普及，我當然沒錢買這些東西，所以這對我來說都是很寶貴的資訊，最重要的是，她的心意讓我非常感激。

我的母親也很可憐，從小就身體孱弱，一直是被嬌寵地養大的，所以完全不知人間疾苦。活到現在的她真的不理解「生活需要錢，但要出去工作才能賺錢」的道理。直到我死後才不得不面對現實，她應該也很驚慌失措吧。將來她到底打算怎麼活下去呢？老實說，我覺得她很可悲。

當家裡有值得慶祝的事情時就要吃紅豆飯，教我這件事的人也是房東太太。

「請收下，這是給你的慶賀。」

某天，房東太太在我回家後立刻找上門，她交給我一個沉重的布包，裡面包著一個方形食盒，盒中塞滿了捏成橢圓形的紅豆飯。

「為什麼要給我這個？」

「剛剛說了是慶賀啊，你升官了對吧？」

「咦？」

「你之前不是說了嗎，你升上主任了。」

「是沒錯，我是當上主任了——」

真是傷腦筋，我在閒聊時順口說出了這件事，但我們公司的主任幾乎所有人都當得上，真的不是什麼了不起的成就。

「恭喜你。」

我太驚訝了，嚇得連道謝也說不出口。

「太好了，才剛過二十五，真是了不起。我太高興了，不小心就煮太多，如果你吃不完要記得冷凍喔。」

房東太太不在意我的毫無反應，滿臉笑容地繼續說著。

「煮太多了？」

我不禁回問。

「這是房東太太煮的嗎？」

「是的，希望合你的口味。」

房東太太理所當然地點點頭，我盯著她的表情直看。

「妳太厲害了，生平第一次有人這樣對我。」

紅豆飯不需要特地自己煮，去超商或店家買就有。而且還用食盒裝耶，簡直像時代劇中會出現的賞花場景，總覺得實在太慎重了，讓我覺得十分有趣。

「你不敢吃紅豆飯嗎？」

「不，我很喜歡，這可以冷凍嗎？」

「可以喔，你沒有冷凍過飯嗎？只要用保鮮膜包起來放進冷凍庫就好，要吃的時候丟進微波爐加熱而已，非常輕鬆。我自己一個人住，所以常常會多煮一點飯凍起來，因為我很懶惰。」

房東太太用福泰的手摀住嘴笑。

「妳一點也不懶惰。」

「加瀨先生，你真是溫柔呢。」

「不是這樣，房東太太是我第一個遇到會自己煮紅豆飯的人。」

「這樣啊……」

「我的母親完全不煮飯。」

「現在方便的東西很多嘛，我比較老派，而且很閒。」

母親確實比房東太太年輕，但她更閒。

「而且，市售的紅豆飯味道應該也比較好，你不用太期待我的紅豆飯喔，再怎麼說都是外行人煮的。」

紅豆飯非常好吃，有什麼秘訣嗎？這和超商或超市賣的完全不同。這個紅豆鬆軟又有甜味，鹹鹹的芝麻鹽韻味十足。

我原本就食量小，覺得只要能吃下肚，吃什麼都沒差，但那只是因為我沒吃過自己做的料理。房東太太煮的紅豆飯吃再多也不覺得膩，我原本想留一點起來冷凍，期待下一次的享用，結果全部被我吃個精光。

大概是因為有好好吃東西，隔天早上我感覺皮膚散發出了光澤，這還真是嚇到我了。

仔細想想，有多久沒聽到有人對自己說恭喜了呢？

雖說如此，也不是什麼厲害的事，要人恭喜的自己也太恬不知恥。老實說，這反而讓人尷尬。但果然還是很高興，同時也發現了自己過往的人生有多寂寞。

「謝謝」和「恭喜」。

聽到他人對自己說這些話的次數原本就少得可以，所以受到誇獎時總會不知該如何反應，這真是傷腦筋。

從母親口中聽到的東西，不是在抱怨就是在說誰的壞話，還有就是身體哪裡痛或是累到受不了；另外就是某個鄰居對她說了什麼挖苦人的話、市役所的人全都非常壞心……等等，總之她無時無刻都覺得不滿，不管什麼都看不順眼。

我從小就是跟這樣的母親，同在一張桌上吃飯。

小時候和母親一起居住的公寓廚房裡，有一個因為油脂和手垢而黏膩不堪的小小餐具櫃，櫃子裡放的都是邊緣缺角的平盤，以及沾滿茶垢的茶杯。我就是這樣，把超市賣剩的熟食當配菜，吃著加熱即食的白飯長大的。

房東太太有好幾次都邀我到她家一起吃飯。那時的我真是嚇一大跳。房東跟我聊的都是她以前喜歡的電影、書籍，以及一些瑣碎的玩笑話，內容都相當活潑有趣。

讓我印象最深刻的是，她說她很崇拜奧黛麗．赫本。

「她很棒對吧，又漂亮又苗條，簡直跟童話故事中的公主一樣。」

她說她看了她所有的電影。

「《羅馬假期》也不錯，但我喜歡《第凡內早餐》，坐在窗邊彈吉他邊唱歌那一幕好棒。」

我沒看過這部電影，但我對房東太太哼唱的歌曲有印象。之後查了才知道，赫本飾演的主角荷莉，頭上纏著頭巾唱歌那一幕非常有名。聽說她當時唱的那歌也紅透半片天。

「我曾經模仿過一次。」

房東太太露出即將坦承秘密的表情對我說。

「雖然這樣說，但我沒有頭巾，所以包的是毛巾，而且還不是時髦的那種。那條毛巾是常去的居酒屋送我的，上面還寫著店名，我將薄薄的毛巾包在頭上，還拿掃把代替吉他抱在懷裡。」

房東太太邊講邊笑。

「結果模仿到一半失去平衡，差點從窗邊掉下去，甚至弄掉了掃把，然後我父親剛好在下面，正好砸到他的頭，被他痛罵一頓，下場很悽慘呢。」

房東太太家裡掛著一張放大的黑白全家福，那個被掃把砸到的父親留著鬍子，看起來很難相處。那個人生氣起來肯定很恐怖，我可以想像他粗眉上吊、火冒三丈的表情。旁邊看到的人應該也會嚇一大跳，並開懷大笑吧。

「但掉下去的掃把不重，那真是太好了。」

房東太太彷彿表示同意我的話，用力地點頭。

「沒錯，如果掉下去的是我，那就不得了了。不管怎麼說，我可是很胖的啊，用大屁股壓垮自己的父親，可能還要出動救護車才行。」

「應該不會啦……」

「這麼一想，我只弄掉了掃把，反而可以說是相當好運呢。」

被房東太太的笑聲影響，我也不知不覺地跟著笑了起來。

好運——

這話我只能同意一半。

我認為房東太太的運氣沒有特別強，也不特別幸運。我認識她時，她的丈夫早已病逝，獨生女也遠嫁他方，她自己一個人獨居，我想，她偶爾應該也會感到孤單才對。

我認為，她總是一臉開朗地顧慮到身邊的人，但世上沒有人的身邊圍繞的全是喜歡的事物，所以房東太太肯定也曾遭遇過不幸的事情。

那個裝紅豆飯的食盒，上面有著許多長期使用留下的小細痕，正因為理解她從很久以前就很愛惜使用，所以我也細心清洗。看著黑漆上面畫著扇子和葫蘆的舊食盒，我從中感受到房東太太至今累積起來的生活樣貌。光是這樣就讓人莫名想哭，但我不想讓房東太太覺得我是個怪人，所以沒有說出口。

歸還食盒的時候，我還附上一些小點心當作回禮。

她收到什麼會覺得開心呢？我曾聽她說喜歡吃甜食，所以決定送她點心，但要送和菓子還是要送西點好？當真的要選擇的時候，我卻遲遲無法決定。

這種時候若沒有相關常識就很令人傷腦筋，太隆重的話可能會造成她的困擾，但隨便選個東西又過不了自己這一關。我去了好幾家店，最後選了一個小小的禮物。我活到這個歲數，從來不知道，一邊想像對方收到禮物開心的表情，一邊尋找禮物的過程竟會這麼開心。

「哎呀，太高興了，我非常喜歡這家店的餅乾呢。」

看見房東太太的笑容時，這並非比喻，我的胸口真的暖了起來。太好了，連自己都嚇一大跳，感動就在此刻一點一滴油然而生。這到底是什麼樣的心情呢？我的胸口真的溫暖起來了吧。

這些不過都是些小事，多數人也都覺得是理所當然的吧，或許我把這些說出來，有人還會感到傻眼，甚至覺得：「現在才在說這種話？」

有好幾次，我曾想過「如果我是她兒子就好了」，真想生在房東太太的家裡。

沒有奢侈的生活也沒關係，只要平凡就夠了。我想要的是能一起開心用餐的家人，我真想親口說一次：「最喜歡媽媽煮的紅豆飯。」

也就是說，那個紅豆飯對我來說，是我此生最棒的一餐。

我不知道還有什麼東西比那個更好吃的了。

（及格了。）

加瀨聽見細嫩的聲音，突然回過神來。

小雪在腦內對他說話，牠成大字形躺在起居室的地板上，前腳和後腳張開，聽得陶醉。看來剛剛說的回憶被牠視為布施了，但加瀨自己沒這個意思，只覺得單純在說過往回憶而已，可能沒有太過刻意反而受到喜愛了吧。

但話說回來，牠這個姿勢還真是豪邁——

毫無戒心。連加瀨也知道貓咪最大的弱點是肚子，雖然這不關他的事，但加瀨不禁擔心小雪如此大方地在他人面前露肚子，真的沒關係嗎？雖然牠不是人，而是一隻貓。

（話說回來，紅豆飯和雞胸肉哪一個好吃？）

傷腦筋了。

這不是自己的喜好，應該要用貓咪的角度來思考才對好吧。不對，話說回來，剛剛那段回憶的重點不是東西好不好吃啊。到底該怎麼回答才好？如果此時說錯答案，會不會把好不容易得到的認可搞砸啊？正當加瀨不知該怎麼回答時——

「小雪，這個紅豆飯啊……」

穩重的聲音從旁插話。

「是跟特級雞胸肉一樣非常特別的東西喔。」

靠坐在起居室牆壁的島村如此說完，小雪坐起了身體，將毛茸茸的尾巴豎直了起來。

「我有買特級雞胸肉喔，因為是盂蘭盆節嘛。」

坐在沙發上的千鶴也加入了對話。

「太好了，好像可以吃到特級雞胸肉喔。」

島村蹲下來看著小雪。

「喵嗯～」

小雪一聽到有特級雞胸肉的瞬間大為興奮，甜聲地喵叫，還在島村和千鶴面前走過來走過去。還以為牠是隻裝模作樣的貓，但並非如此。

「真是的，妳這個貪吃鬼。」

千鶴傻眼地起身。

「妳剛剛才吃完早餐而已，只能吃一點點喔。」

「啊，等等。」

她邊說邊走出起居室，小雪小跑步跟在她後面。

加瀨不安地忍不住開口，但小雪沒有回頭。

「別擔心，小雪馬上就回來。小雪剛剛露肚子給你看了對吧，那就等同於契約證明了。」

根據島村所說，如果小雪滿意對方說的故事，就會擺出那個姿勢，反之如果不喜歡，小雪就會做出用後腳踢沙子的動作。

「這樣啊……」

「因為牠是貓，只有在心情很好的時候才會露出肚子。貓咪是戒心很強的生物，小雪的這種傾向特別強烈，連在家裡都很少做出那個姿勢。肯定是加瀨先生的故事讓牠聽得很開心。」

小雪終於回來了。

牠伸出粉紅色的舌頭，舔了舔嘴巴周遭。

真的嗎——？

加瀨在心中自問，小雪真的滿意剛剛的故事嗎？

小雪緩緩地在地板上仰躺。

「你看。」

島村笑了。

4

聽說篤子住進了名為「大波斯園」的安養中心。

該中心位在同一條路線的車站可以步行抵達的距離，並不算遠。但加瀨生前試圖聯絡時，得知篤子的腳不好，行動都靠輪椅。

如此一來，就沒辦法請她到家裡來了——

千鶴思索，一般來說要請對方來家裡借用小雪的眼睛，但考量篤子不良於行，這次就由小雪上門吧。

千鶴上網查了一下大波斯園，一棟建築在寬廣腹地的米白色建築物出現在首頁上。

注意事項上寫有會面須事前預約，千鶴立刻打電話到安養中心提出會面申請。

「請問您和她是什麼關係呢？」

工作人員公事公辦地提出理所當然的問題。

還是老實說比較好。

「篤子女士以前當房東時，有位住戶名叫加瀨徹，我是他的代理人。」

如果她記得加瀨的名字，或許願意見千鶴。

「那麼，我先去徵詢當事者的意願再回電。」

「方便的話麻煩您代為轉答，加瀨先生非常想要見她一面。他有事情要告訴篤子女士，無論如何都要見她一面。」

拜託，希望她還記得。

千鶴抱著祈禱的心情說完，將電話掛斷。好不容易得到小雪的應允了，如果遭關鍵的篤子回絕，那加瀨就真的無法前往極樂世界，成為名副其實的孤魂野鬼。

在對方回電前也無事可做，千鶴回到沙發上攤開素描簿，決定邊聽加瀨說話邊繼續畫畫。

帶著昭和時代感的雙層公寓。

下一張圖則把篤子畫成一位福態、愛笑、帶給人好感的女性。篤子雙手抱著布包，站在二樓的一間房前；下一張是打開房門出來的加瀨，因為才剛回家，加上當時是建商業務，所以他穿著西裝，年輕的加瀨看見了意外的禮物，整個不知所措。

下一張是打開食盒蓋子的瞬間，看見加入許多飽滿、閃耀光澤的紅豆，那是篤子親手做的紅豆飯。不習慣他人替自己慶賀的加瀨睜大了眼睛，接著露出有點開心的表情。

能有人和自己一起慶祝，喜悅的心情亦隨之高漲，千鶴也明白這種心情。對加瀨來說，篤子超越了房東，是更加親近的存在。

即使沒有血緣關係，心情卻緊密連結。這樣的情感，從加瀨說篤子是比生母更重要的存在中就能窺見。正是因為這樣，才想要讓兩人見面。

安養中心立刻回電。

「堀女士願意和您會面。」

篤子記得加瀨的名字，立刻同意了。

「聽說今天馬上就能過去，你的決定是？」

千鶴問完，加瀨整個人湊上前來回答。

「請帶我過去，務必拜託了。」

「那麼，時間就訂在——」

等稍微涼爽一點，然後小雪的瞳孔能張大一點的時段會比較好，千鶴與工作人員調整了會面時間，對加瀨說傍晚六點半會前往安養中心。

「謝謝妳。」

加瀨深深一鞠躬，彎下他穿著工人服的巨大後背，好一段時間都沒有抬起頭。

「那個……」

怎麼了嗎？因為時間太長，讓千鶴擔心著他該不是身體不舒服吧——這才發現加瀨正強忍著淚水。

「不好意思，一想到真的可以見到她，我就沒辦法壓抑情緒了。」

「聽完你說的話就能明白，她對你非常重要呢。」

「是的。」

加瀨輕輕點頭，一次又一次。

感覺他似乎是好人耶——

聽到這個人有前科時，老實說很讓人害怕。即使明白他是無法碰觸自己的鬼魂，也一度想要請他離開。但隨著逐漸知道了他的過去，這份恐懼也慢慢消失，還開始同情起他了。因為有這位房東，他好不容易才能努力堅持過來。有段時間，加瀨的生命狀態就是如此命懸一線吧。

離開家門，搭上電車。

千鶴抱著裝小雪的外出包站在車廂角落，加瀨好好地跟在她的身邊。大概因為正值盂蘭盆節，傍晚時段的乘車率只有約八成左右。

從電車的車窗可以看見逐漸暗下的夕空，搭上電車後，千鶴才回想起自己的適應障礙症狀。她滿腦子只想讓加瀨和篤子見面，不小心忘了這件事。

雖然現在沒事，但真的沒問題嗎——？

但在意識到這裡是電車上的瞬間，總覺得心跳開始加速。一想到自己被人群圍繞，腳步也開始變得輕浮，有種站不穩的感覺。

「怎麼了嗎？」

加瀨客氣地詢問。

「沒有，沒什麼……」

千鶴盡可能別讓自己的聲音變得不自然，但揚起兩側的嘴角回答後，才發現了自己的失態。

糟糕，不小心說出聲來了。其他人看不見加瀨的鬼魂，也聽不見聲音的呀。如此一來就變成一個在自言自語的怪人。你看，在透明的加瀨身後的那個女孩，一臉驚訝地看著自己。

千鶴清清喉嚨故作掩飾，轉頭看著車窗。加瀨似乎也發現了自己不該和千鶴說話，從那之後便不發一語，但仍一臉擔心地看著千鶴。

振作點、振作點——

千鶴在心中小聲鼓舞著自己。

再幾站就要下車了，如果因為自己連累加瀨見不到篤子，那可就太糟糕了。

「喵嗯～」

小雪把額頭貼在外出包的窺視窗上，睜大了圓眼。牠和平常在家時一樣，用狂妄的表情看著千鶴。就算離開了安心又舒適的環境來到外面，小雪絲毫不為所動，真了不起，牠沉穩的態度簡直厚顏無恥到令人羨慕。

看著小雪清澈的黃色與藍色異色瞳孔，千鶴的不適感也隨之降低。對呀，我現在不是自己一個人，小雪就在我懷中。想到自己有了同伴，手腳也逐漸恢復了力氣。

用力抱緊了外出包，小雪開始伸長前腳與不適抗衡。粉紅肉球用力抵在蓋子上，別過眼去沒有看著千鶴。竟然露出了厭煩的表情！千鶴是想要道謝才抱牠的耶，也太冷淡了吧。平常會對此感到生氣，但現在覺得這樣的小雪好可愛。

多虧小雪轉移了注意力，千鶴終於順利抵達了目標車站。

用手機查詢的結果，到安養中心的步行距離約十分鐘，正好能在約定時間到達。

「妳的臉色好多了呢。」

途中，等到身邊沒有人之後，加瀨才放心地跟她說話。竟然還讓亡者擔心自己的臉色了。

「謝謝你，我已經沒事了。」

「如果有貧血問題，可以吃菠菜喔。」

「啊，這也是房東太太告訴你的小知識嗎？」

加瀨點點頭。

「大概因為我沒有吃早餐的習慣，所以常常貧血。聽我提起了這件事，房東太太就做了奶油炒菠菜放進保鮮盒裡，還拿來房間給我，要我早上多少吃一點。那道菜也好好吃。」

加瀨展露笑容，懷念地說起了往事。

雖然沒有貧血，但千鶴很喜歡菠菜，也很常吃。奶油炒菠菜不需要先燙過，好吃又好做，篤子也推薦了一些可以輕鬆料理的菜單給加瀨參考。

能看見安養中心了。

外觀和普通公寓沒兩樣，寬敞的庭院包圍著米白色的建築物，庭院裡還放了長椅。

陰暗處會比較好，暑氣也已經和緩許多。千鶴心想如果能得到篤子同意，想問問看能不能在戶外會面，畢竟還帶著貓咪小雪。

千鶴對櫃檯女員工表明了來意，想與篤子會面。

「我有帶寵物來，請問可以在庭院的長椅那邊會面嗎？」

「可以喔。」

「謝謝妳，那我在外面等。」

千鶴致意之後走到庭院裡，把外出包放在角落的長椅上。

「到了喔。」

小雪從外出包的窺視窗朝外頭張望，抽動牠粉紅色鼻頭，聞著風的氣息。鬍毛在微風吹拂下似乎讓牠感到很舒服，牠仰起頭瞇著眼睛。

加瀨站在長椅旁，他表情生硬地握緊拳頭。鬼魂也會緊張啊。

「啊，出來了。」

在工作人員的陪伴下，像是篤子的人物從建築物出來了。

咦——

千鶴瞬間以為自己看錯了，因為現身的是一位骨瘦如柴的老奶奶。

聽加瀨述說回憶時，千鶴一直以為篤子是個豐腴的女性。記得加瀨說過，篤子唱著〈Moon River〉讓掃把不小心從窗戶掉下去的時候，也曾說過她很胖。

工作人員指了指千鶴，篤子點點頭。她拄著拐杖一個人走了過來，腳步相當不穩，身體左右搖晃，幾乎全靠在拐杖上。

千鶴稍微瞄了加瀨一眼，他的臉上掩不住驚訝，一直睜大眼睛，凝視朝這邊走過來的篤子。

篤子走到長椅前，雙手撐在拐杖上停下腳步。

她充滿疑問地仰頭看著千鶴。

「您好，初次見面，非常感謝您今天特別抽空過來。」

篤子懶洋洋地點頭。

「我名叫島村千鶴，是代替加瀨先生過來的。加瀨先生晚一點會過來。」

「這樣啊。」

聲音也很小，肌膚也很乾燥，披上薄外套的肩頭還能看見突出的骨頭。

雖說已經八十歲了，但在同齡人裡也有許多更有活力的人，她或許身上有什麼疾病吧。

「如果房東太太覺得害怕的話，那就到此為止。」

加瀨看著千鶴說道。

千鶴用眼神問說：「確定嗎？」加瀨點點頭。

「房東太太的心臟從以前就不太好，我怕用鬼魂的樣子出現，可能會嚇到她。」

千鶴也想到了一樣的事，但都已經來到她面前了，不能讓兩人說話也太教人難過了吧。

「請坐。」

千鶴請篤子在長椅上坐下，自己也在旁邊坐下，輕輕靠在她身邊。

「加瀨先生還要多久才會來？」

篤子優雅地歪頭問，她看千鶴的眼神柔和，從中可知她很期待這次會面。

我得振作點才行，我可是中間人耶。

「他已經來到附近了。」

「是這樣嗎？」

篤子睜大眼睛，慢慢地轉頭張望。

「我聽加瀨先生說過他住在公寓時的事。」

千鶴邊說邊拿出了素描簿，為了讓篤子可以看得清楚，雙手把素描簿攤開放在面前。

「哎呀，真驚人，妳畫得好棒。」

第一頁是公寓全景，褐色鍍鋅鐵皮屋頂的樸素雙層建築，樓梯設於建築物外側。第二張畫著手拿布包、超過五十五歲的篤子，下一張是身穿西裝的加瀨站在門前接下布包的畫面。

「聽他說您替他煮了紅豆飯，他非常感激。」

下一頁是加瀨打開食盒蓋子大為驚訝的畫面，同時也能看出他的表情很開心，食盒裡塞滿捏成橢圓形的紅豆飯。

「我記得，我聽說他升職了，就開心地為他煮了紅豆飯。」

「我聽他說，您告訴他吃不完的話可以冷凍，但真的太好吃了，他當晚就吃得一乾二淨了。」

篤子笑開了嘴角。

「他有跟我說過。」

篤子輕語說著，伸出手撫摸素描簿的紙面。

「他連食盒外面的花樣都還記得啊，沒錯沒錯，是扇子還有葫蘆。加瀨先生很聰明的。」

「我聽說他在建商當業務員。」

「是的，他很努力呢，為了不輸給大學畢業的同梯，所以非常努力。」

篤子不知道加瀨就在旁邊聽著，所以很開心地說道。

「就因為他很努力，所以才叫人擔心。」

篤子的手伸向了素描簿上加瀨的臉，她的動作與其說公寓的房東，更像是母親才有的舉動。如果她知道加瀨已經過世了，肯定會十分傷心。怎麼辦？千鶴迷惘著該不該說實話。

但是——繼續隱瞞就沒辦法繼續下去。只好說了，絕對會有好結果的。千鶴下定決心後，小雪彷彿開始呼應她，也跟著細聲喵叫。她把臉貼在外出包的窺視窗上，不停往外壓，像在表示「快點打開」。千鶴一打開蓋子，她就迫不及待地仰著頭跳出來。

「喵嗯。」

牠在草皮上躺了下來，露出肚子。

「哎呀，妳有帶貓咪來啊？唉喲唉喲，怎麼躺下來啦。」

篤子笑得瞇起眼睛，小雪就在一旁張開了前腳與後腳，呈現大字型，用一種「那麼，來吧」的態度看著加瀨。

啊啊，還沒說明小雪就已經沒有了耐性。沒辦法了，既然如此只能走一步算一步了。

全新的「貓語」即將展開。

5

（喂，快一點。）

在仰躺的小雪催促下，加瀨走近了一步，彷彿受到一雙隱形之手邀請，臉往小雪的肚子靠近，就在他強烈感覺到太陽的氣味時，眼前突然一片黑。

喔喔——

下一個瞬間，篤子的臉變得好巨大。

視線高度和剛剛完全不同，不知道是不是錯覺，連顏色的感覺也不同了，就像視力不好的人一樣，周遭的景色變得有點模糊。因為他已經進入了小雪的體內，從小雪的眼睛看著外界。

篤子就在一旁。

眼睛對上了——感覺是如此。

「房東太太。」

「加瀨先生？」

自己的聲音和篤子喊他的聲音交疊。

「對吧，是加瀨先生對吧？」

篤子驚訝地睜大眼，臉朝加瀨靠近。

「……」

當加瀨想要回答「對」時，眼睛突然熱了起來，淚水忍不住就這麼流了出來。有好一段時間，他哽咽得一句話也說不出口。就算不斷鼓舞自己「振作點啊」，但身體怎麼都不聽使喚。

「好久不見了。」

篤子平靜地微笑著。

「——真的很久沒有問候了。」

總算把這句話說了出口。

「我好開心你來見我。」

「很長一段時間完全沒有聯絡妳，真的很抱歉，而且還是用這種形式——那個，其實我……已經死了。」

「好像是這樣呢。」

「妳為什麼會知道？」

加瀨雖想著，他現身的方式如此不可思議，對方當然會知道，但還是順口問了一下。

「活了這麼久，什麼事都會知道的。」

篤子十分認真地回答。

「唔呵呵。」

篤子用手摀著嘴巴笑了起來。

就跟以前一樣——加瀨想著。

一開始對她外貌的劇變感到驚訝，但當她笑了起來，加瀨記憶中的那個篤子便隨之浮現。馬上就會笑出來，跟外國人一樣聳肩，這些習慣也都沒變。

有很多事情想問，想問她為什麼看到自己出現在貓咪眼裡，卻不感到驚訝等等。但現在不是問這種問題的時候，因為沒時間了。可以借用小雪身體的時間只在眨眼七次之間，一想到時間正在蹉跎中流逝，就變得越來越焦急。

突然，眼前瞬間變暗。

什麼？感到驚訝之時才想到，這是眨眼。理所當然的，小雪和自己眨眼的時間不同，所以才會感覺視野像是突然變黑。現在是第一次，意外地快。要是再拖拖拉拉，馬上就會結束了。

「幾歲呢？」

這是在問他幾歲過世吧。

「四十七歲。」

「太早了。」

加瀨低下頭，不知該如何回答。

「看妳過得這麼好，真是太好了。」

「我都已經八十了呢。」

感謝她這麼長壽。

「謝謝你。我的腰腿變得有點差，只能拄拐杖，但託你的福，我過得很好。」

篤子從以前就是個不會抱怨的人。

加瀨特別尊敬她這一點，因為近在身邊的母親總是在抱怨，所以篤子才更讓他尊敬。

原本豐腴的身材變得如此消瘦，由此可知她的身體並不硬朗。當她從建築物走出來時，甚至還以為該不會是別人吧。瘦了一圈，不對，是瘦了兩圈，整體都萎縮了起來。

臉色也不太好，以前氣色非常紅潤，現在卻很蒼白，包裹在圓頭鞋中的腳踝也纖細得像隨時會折斷。

話說回來，加瀨的模樣也變得不一樣了，可說是不遑多讓。只不過他和篤子相反，他這是中年發福，臉上掛著鬆弛的贅肉。

啪嚓。

視野又在瞬間被關進黑暗，這是小雪第二次眨眼。

「加瀨先生，你這身衣服是工作穿的嗎？」

篤子看著工作服問。

「對，我最近開始在工廠工作。」

加瀨低頭看著自己的工作服說道。

他死的那天穿著白色襯衫加西裝，那是他為了要見篤子，特地去量販店新買的衣物。懂的人就看得出是便宜貨，但加瀨卻很滿意自己這一身筆挺的西裝。現在回想起來，既然有錢買衣服，那就拿那筆錢去看病不就好了嗎？他過世前半個月就開始覺得身體狀況不太好，他以為是年紀大了，於是得過且過，才會釀成大禍。

加瀨變成鬼魂時，身上就穿著工作服，這是工廠配發的整套灰色衣服，上面的機油污漬怎麼洗都洗不掉。發現穿這身衣服時，瞬間很是沮喪，但現在覺得這樣太好了，可以讓篤子看見他現在努力的樣子。

「非常適合你喔。」

「謝謝妳，那家工廠很好，雖然小但很有活力。業績也穩定，所以也願意聘用我這種中年人當正職員工。」

「很厲害耶，現在可是很多地方都不聘用正職員工了呢。加瀨先生，你很被看好喔。」

就是這個，篤子總是像這樣認同加瀨、誇獎加瀨。

「只是湊巧而已，因為剛好有人辭職，就在他們傷腦筋時我跑來應徵。」

「那是因為你很認真，只要努力就會有人看見，我也想對那位社長道謝呢。」

離開公寓已經五年了，加瀨音訊全無。

一般人大概會認為他是倒債逃跑，至少加瀨自己就會這樣想，只要生活困苦就無法信賴他人。

「我今天是來向妳道歉的，雖然太慢了點，當時真的造成妳非常多麻煩。」

加瀨低頭道歉，彷彿就在等待這一瞬間，小雪又眨了一次眼。

加瀨四十歲時被任職的建設公司裁員。

抵抗不了經濟的不景氣，公司也得限縮人力。加瀨十八歲進到這間公司，原本打算在這裡待到退休的，沒想到簡簡單單就被拋棄了。剛好碰到社會整體的動盪，當時認為「情勢如此，也無可奈何」只能接受了。四十歲以上的員工幾乎全遭受相同的待遇，不管怎樣，繼續坐在快要沉沒的船上絕對沒有未來，所以他決定改變自己的心態。

但他沒算到的是，竟然完全找不到工作。

不知是卡在年齡，還是卡在能力或資歷不足？或是因為他不擅長面試？不管應徵多少份工作全都沒下文，由此可知，業界整體都受到不景氣的衝擊。

微薄的存款不久便見底，加上沒了工作之後，母親仍繼續跟他要錢，說明了狀況也無法得到她的諒解，每次仍在最後屈服。加瀨認為自己真是太天真了，雖然每次都要母親少要一點，但最後自己依然過得很窘迫。

雖然遭裁員後還有在打工，但漸漸地，連房租也快要付不出來了。雖然篤子表示等他找到工作後再付就好，卻毫無展望，加瀨深感抱歉，決定退租。那是他四十二歲時的事。現在回想起來，或許接受篤子的好意才不會給她添麻煩吧。

加瀨離開公寓時和篤子簽了借據。

他遲繳的租金大約五十萬圓，不僅如此還多借了五萬圓搬家。篤子表示相信加瀨，所以拒絕簽借據，但在加瀨懇求下才答應。

「等我找到工作、存到錢後，絕對會全額還清的。」

加瀨清楚篤子擔心自己，正是因為這樣才想確實立下約定。他被認真奉獻的公司裁員，找工作也遇到高牆阻撓，當時唯一親切對待他的人，只有篤子。

這世上只有篤子一人認同自己，那是他在經濟窘迫、看不見未來的日子中，唯一的安慰。

結果，從他遭到裁員到被工廠收留為止，總共花了五年的時間。這段期間連公寓也租不起，只能睡網咖打零工，光是活著就耗盡了力氣。到了四十五歲能找的職缺急速減少，就在即將走投無路時，打零工時曾照顧過他的工廠老闆好心雇用了他。

從那之後存錢的速度加快了，每個月都能一點一滴固定存款，好不容易總算存到了足夠的金額。

為什麼呢——

不清楚篤子為何總是溫柔對待這個一無是處、只是公寓過客、孤獨又沒用的自己。不，大概就是因為看起來很孤獨吧。

讓篤子等了這麼久，結果還是無法還錢。「被偷走了。」這種理由跟債主一點關係都沒有，即使是不可抗拒的外力，但還是沒有改變結果。而且他也已經死了，連賺錢也都辦不到了。因為活著時沒有積過陰德，才會在關鍵時刻面臨最糟糕的事態。

「非常不好意思。」

加瀨低下頭。

「為什麼要道歉？」

篤子歪頭不解。

「沒辦法歸還遲繳的房租，真的很抱歉。到了這歲數我才終於存夠了錢，但我病倒路邊，錢還被偷走了——對不起，這聽起來很像在說謊吧。」

「沒關係、沒關係，這種事情不需要道歉。」

篤子搖頭的臉一瞬間消失，這是第幾次眨眼了呢？中途還記得數，但他現在已經搞不清楚了。

「妳那麼照顧我，我竟然恩將仇報地死掉了，對不起。」

雖然篤子說沒關係，自己也無法接受。但是……

這只是自我滿足，對吧？

在她面前低頭道歉，篤子也只能原諒。而且對方都成了鬼魂。一般來說，看在死了還跑來見一面的分上，除了接受對方的道歉之外，也別無他法。自己真是個笨蛋耶，到最後一刻都是。

「那筆錢啊，是要給你的。」

篤子語氣沉穩地繼續說道。

「所以你不用還也沒關係。」

加瀨驚訝地抬起頭。

「但妳寫借據給我了對吧。」

篤子繼續微笑。

「那是因為你希望，最後我才那樣做。我本來就不打算要你還，如果要你還錢，一開始就會明說，那比之後再跟你要錢更快。別看我這樣，我可是很嚴厲的呢。」

只有最後那句話是帶著玩笑語氣說的，篤子又繼續說道：

「我當然明白你真的想把錢還給我，我知道你是這種人。所以才收下了你的借據，要是隨便拒絕，只會傷了你這份難能可貴、想要還錢的心意啊。」

或許是吧。

回想起來，當時沒工作也沒錢，心情非常糟糕。如果篤子說不需要還錢，自己肯定會擅自扭曲，解讀成「她一定是認為我辦不到」而受傷，自己就是這麼無可救藥。

「你還煞費苦心地存錢想要歸還啊？你好棒，有這份心就夠了。」

篤子邊說邊朝自己伸出手。

接著，小雪喉嚨發出了呼嚕聲，肯定是篤子在摸牠，讓牠感覺很舒服。不可思議的是，待在小雪體內的加瀨也能感受到小雪陶醉的心情。

「但是，你過世了。真叫人寂寞，沒想到竟然比我早走。」

「妳摸了小雪是嗎？我可以感受到妳手心的溫暖。」

「哎呀，真的嗎？」

連自己也感覺不可思議。

「是的，非常溫暖。」

「這樣啊，太好了。」

篤子凹陷的眼中浮上淚光。

「真可憐，如果我可以代替你就好了。」

「請別說這種話。」

「因為你還很年輕啊，你辛苦了那麼久，就該得到很大的幸福才是。你一直那樣努力，也為你母親的事情傷透腦筋，但不會把這點表現在臉上，不斷努力工作。我總是從你身上得到了勇氣。」

沒想到篤子是這樣看自己的。

身邊的同齡人看起來活得快樂又幸福，辛苦又操勞的他活得無比自卑，可以的話真想把痛苦隱藏起來。只要說出一次洩氣話，可能就會從基礎開始全盤瓦解，但不表現出來也只是打腫臉充胖子。

「沒想到你還記得紅豆飯的事情，我好高興喔。」

篤子聲音溫柔地繼續說。

「那成了我最喜歡的食物了。」

「你這樣說讓我太開心了，好想再做給你吃。」

「真開心，房東太太的紅豆飯真的很好吃，那是我生命中最棒的味道。」

視野開始輕微搖晃。

我隱隱約約感覺到小雪用力繃緊了身體，這是？……原來是這樣，牠在忍耐著不眨眼。

雖然口氣像個狂妄的小大人，但其實很溫柔。仔細想想也是當然的呀，我真是笨蛋。如果不溫柔，怎麼可能出借自己的身體給鬼魂。牠是偉大又溫柔的貓咪。

「謝謝妳。」

「我才要道謝，沒想到你竟然會特地跑來這裡找我。沒錯，我完全沒想到會這樣，沒想到你過世後還要特地過來。謝謝你找到我。」

加瀨能夠還錢的那個時候，篤子已經把公寓收起來了。加瀨從附近的不動產公司得知她拿賣掉公寓的錢，住進了這間安養中心。加瀨在建商工作時的朋友就在那間不動產任職，他就是請對方幫忙，最後才能找到這裡。

自己也曾有過這樣的同伴呢。回想起來，自己能和其他人建立友誼，也全是託篤子的福。

「我一直想著，如果我是妳的兒子就好了。」

「哎呀。」

淚水終於從篤子充滿皺紋的眼角滑落。

「那麼，你在另一邊等等我，我應該再過不久就會去了。」

「還早得很！但是，如果能幸運地在另一邊遇見妳，妳還願意煮紅豆飯給我吃嗎？」

「當然願意。」

說話的時間只到這一刻。

感覺活著時的遺憾，正逐漸消失。

一直認為自己從小辛苦長大，人生一無是處。活著時總為經濟所苦，還被長不大的母親拖累，最後還死得那麼悲慘。雖然不停哀嘆自己的人生，但現在回頭看，也不全都是壞事。

不只遇見了篤子，晚年也很幸運能在那間工廠工作。

活過這一遭，也算不錯了吧。現在終於能夠這樣想了。

因為被工廠收留才能存到錢，因為廠長替自己把工作服放進棺材裡，才能讓篤子看見自己成功再就業的模樣。死時身上穿的西裝還沾到狗屎，所以真的太好了。工廠的人還代替母親替自己舉辦喪禮，真的令人感激。因為節儉過生活，也從沒和同事一起去聚餐喝酒，但大家都在喪禮上哭了。

非常足夠了。

臨死前還被偷錢，這件事也算了吧。雖然一度想要詛咒那個傢伙，但還是原諒他吧。

因為最後的那種死法，才能變成孤魂野鬼，才能有這樣感動人心的體驗。如此一想，反而覺得自己賺到了。

然後啊，小雪。

因為妳為了我努力忍著不眨眼，我才能和篤子好好說話。

謝謝妳啦——

意識逐漸地遠離，加瀨最後對著把眼睛借給他使用的小雪，表達了感謝。

6

從安養中心回到家時，桔平站在精靈馬旁邊等著千鶴。

「歡迎回來。」

雖然現在白天比較長，但周遭已經完全變黑了。大概是累了吧，小雪在外出包中睡著了，連到家了都沒發現，睡得無比香甜。因為牠這次也相當努力了嘛。

「要走了嗎？」

「是啊。」

「我有猜到。」

玄關前那匹精靈馬的頭，仍維持著重雄替千鶴調整過後、頭朝著家裡的狀態。今天是迎魂式，距離送魂式還有很多天。

但桔平已經要走了，因為舅舅很溫柔，可能原本就沒有打算久留，彼此都知道，留得太久只會讓分離更加難過。

「加瀨先生似乎順利啟程了呢。」

「嗯，我認為這是一次非常棒的重逢。」

「這樣啊，做得太好了，好了不起。」

桔平輕輕地點頭。

「老實說，我原本以為他對妳來說，會是有點難處理的個案。」

「什麼意思？」

問完之後，桔平露出了些微思索的表情。

「妳不要生氣喔？」

桔平先如此聲明，然後看著千鶴的眼睛。

「一定會生氣的啦，以為你終於回家了，竟然還帶著客人一起回來耶。」

為了掩飾流下的眼淚，千鶴將外出包拿進家裡打開了蓋子，把睡著的小雪抱到沙發上，接著面對跟著走進起居室的桔平說：

「……然後呢？」

千鶴雙手扠腰仰頭看著桔平，桔平露出了尷尬的表情。

「喂喂，妳露出那種表情讓人很難說下去耶。」

「該不會是他有前科的事吧？」

「喔，直覺很準喔。」

哼，這不管是誰都會在意的吧！

「嗯，但那不是真的啦。」

「咦？」

「正確來說算是未遂吧，也沒被起訴，所以當然沒有前科。加瀨先生打工拚命存下來的錢，是被他母親偷走的。」

聽說是發生在加瀨被建商開除的隔年。

加瀨靠著打工維生，為了要還篤子房租，每天縮衣節食、一毛不拔，好不容易才慢慢開始能夠存錢。加瀨為了有一天可以親手把錢還給篤子，就把現金放在身邊，大約有四、五萬圓吧。但他的母親趁他不在時入內搜刮，把錢全都拿走了。「因為不管我拜託他多少次，他都不理我，我只好直接來跟他借啊。」

母親的這種說法他當然無法接受，所以他跑去找母親，想把錢要回來。

當時他壓制不了怒氣強行闖入老家，朝母親大吼大罵，結果鄰居報了警，接著他就被逮捕了。這就是整件事的經過。

「他本人大概認為自己跟前科犯沒兩樣吧。」

「聽說他母親門窗緊閉，他是打破窗戶闖進屋內的。」

「什麼！」

心臟猛烈一跳。

「聽說就在他揪住母親的衣襟時，被警方強行拉開。」

「唔唔……」

「妳會害怕嗎？」

如果只聽你這樣說，當然會覺得恐怖，就算重要的錢被偷走了，但怎麼能對親生母親做出這種行為？如果只聽完概略的說明，就會認為他實在太超過了。但千鶴已經認識了加瀨，知道他的勞苦與心情，也聽他說了不少回憶，並見證了他和篤子的重逢。

絕對不能允許暴力，但千鶴也能理解加瀨憤怒的情緒。會生氣也是理所當然的，即使是母子，也有無法原諒的事情。不對，正因為是母子才更不能原諒。

特別是加瀨的母親每次來要錢時，他都很有誠意地應對，但母親完全沒有改變態度的意思。難以想像那會有多麼絕望，反而可以說，是加瀨太溫柔了。

「我不害怕。」

千鶴停頓了好一會兒才回答。

「加瀨先生是很認真的好人。」

「一般來說，認真的好人不會被警方逮捕啦。」

「那只是看事情的角度不同罷了，舅舅。」

每個人都有各自的苦衷，透過施行「貓語」的經驗，千鶴逐漸理解了這件事。無法抵抗的生命走向，無法傳達的心思念想，無法預料的各人命運。只要活著，就會發生各種事情。

千鶴不想要輕易地譴責對方，因為她早已深刻體會過，遭人譴責是多麼痛苦的一件事情。

加瀨和篤子之間存在確切的信賴。對被只會要錢的母親糾纏，卻仍拚命活著的年輕人來說，篤子是加瀨心中最強大的支持力量。曾在工作中孤立無援的千鶴對此非常羨慕，欣羨有人可以陪在他的身邊。千鶴認為，那是再怎麼努力也無法輕易獲得的幸福。

「我能幫忙加瀨先生和房東太太重逢，真是太好了。」
「是啊，這就是這份工作的妙趣與深奧之處。」
「就是這個。等等我，我現在要把那個畫下來。」
千鶴坐到餐桌前翻開了素描簿，拿起鉛筆，快速畫下兩張畫給桔平看。
「這個是施行『貓語』前後的房東太太。」
一張是篤子步履蹣跚、拄著拐杖步行的畫面，另一張畫著她滿臉笑容、相當開朗的表情。
「簡直就像不同人，對吧。她和加瀨先生說話時，表情也不停產生變化，就像奇蹟一樣。」
「奇蹟啊。」
「嗯，這種場面一般應該是看不到吧。我可以見證這樣的時刻，真的讓我心存感激。」
自己開始細細品味著自己說出口的話。
「舅舅，只要是人，活著就會有好事發生。」
千鶴看著篤子的身影有了這樣的感受。珍惜自己的某一個人，在過世之後還特地來訪，肯定會讓對方感到非常開心。自己對某人來說，就是如此重要的存在，這也會成為心中珍貴的寶藏。

「果然，拜託妳接手是正確的決定。不，對妳來說可能是重擔。」

桔平感慨甚深地低語。

「是啊，對我來說確實是個重擔，但我會盡我所能——你是回來確認這件事的嗎？」

「不是喔。」

千鶴問完，桔平搖搖頭。

「我是來告訴妳，結束『貓語』的方法。」

千鶴被「結束」這句話嚇了一跳，但她立刻理解到，既然要做，連這件事也要牢牢記住才行。因為接下來也可能會出現，讓她發現自己力量不足的事情。

正當千鶴思緒轉個不停時，桔平對她說：

「我已經知道妳有辦法確實達成任務了，因為我剛剛有偷偷跟到安養中心去。」

「什麼，真的嗎？」

完全沒有發現，舅舅也太會消除氣息了吧。

「這不是任何人都能做到的工作，負擔和責任都太沉重了。雖然很高興妳願意接手中間人的工作，但如果還是超出妳的能力，我也打算出手幫忙，所以就躲在旁邊觀察狀況。但妳做得非常棒，如果妳願意繼續下去，最後就得告訴妳一件重要的事情。」

中間人是可以結束「貓語」的。

規則很簡單。只要中間人為了自己使用一次「貓語」，小雪就會喪失力量。也就是絕對不能為了私慾找亡魂出來，只要打破規定就到此為止。反過來說，只要繼續當中間人，千鶴就沒辦法見到「誰」。

「所以直到卸下中間人的身分為止，我都沒辦法施行『貓語』啊，我都沒有想過這件事耶。」

總覺得這個規則真嚴格。也就是說，就算千鶴準備了精靈馬、等得再久，都沒辦法見到母親。越來越覺得這工作很不符成本耶，只不過——

「對不起，這是從以前就立下的規定。」

「舅舅不需要道歉啦，規定就是這樣嘛。」

「是的，即使如此，妳也願意做下去嗎？」

桔平很是客氣地詢問。

「嗯，我要繼續。」

即使沒辦法為了自己而用——只要，能再看見那樣的奇蹟就好。

沒錯，能夠幫助別人，現在已經成了支撐千鶴的力量。重要之人過世後，人還是要繼續活下去，就算感到孤獨、想要哭泣，世界仍照常轉動。如果只能活在這樣的現實之中，那麼她願意為所有人搭起這座能見最後一面的橋梁，只要接觸到那些幸福的淚水，就能感覺自己從中獲得救贖。只要母親能在某處看見自己努力的身影，這樣就夠了。等到將來千鶴步上旅途那天，屆時就能再次相見了。

走出玄關，把精靈馬換個方向。

「掰掰。」

「我這次真的要走了，接下來也要繼續努力啊，拜託妳了。小雪也麻煩妳了。」

「嗯，別擔心。」

嘴上說著「要走了」，但桔平卻一副想著下一句要說什麼的表情。

大概是在擔心千鶴的工作吧，他是個很為外甥女著想的舅舅，大概想問千鶴若不畫畫要幹嘛之類的吧。

千鶴露出自認為最燦爛的笑容。

「真的不用擔心，我到舅舅的家生活之後，回想起了小時候的心情，最近覺得畫畫真的非常開心。」

「這樣啊。」

看見桔平終於鬆了一口氣，露出了笑容，千鶴又再次露出比剛才更燦爛的笑容。

嘴上說開心，其實只有一半真，另一半是逞強。她還有點恐懼畫畫，只要獨自面對畫布，再怎麼不願意，也會想起網路上那些中傷她的言論。只要一鬆懈，就會被當時的痛切感受、被那些沒人支持自己的陰鬱心情吞噬。所以，她不認為自己目前有辦法重拾插畫的工作。而且就算重新開工，也不確定會有委託。她很清楚，要重新找回一度失去的信賴相當困難。

但是只要這裡有小雪，就會有抱著真切期待，上門尋求幫助的人。聽這些人述說生命中最幸福的回憶，千鶴就能忘我地舞動鉛筆。多虧如此才能讓她發現，「我果然還是想要畫畫的呢。」

「剛剛的畫，等妳完成之後要送給房東太太對吧？」

「我是這麼打算，因為房東太太好像很期待那幅畫。」

「她會很開心的吧，因為千鶴的畫很溫暖，只要看著畫，就能從中得到力量。」

「真的嗎？雖然我很高興，但如果可以讓人感覺溫暖，我認為應該是來自回憶的力量吧。我只是聽完大家說的回憶之後，把它畫出來而已。」

「即使如此，畫者若沒有接納的力量，就沒辦法畫出好的作品。千鶴的畫之所以溫暖，是因為妳尊重對方說出口的回憶，並且專注地聆聽對方說話。這份真誠會確實地反映在畫作上。妳要有自信。」

桔平把手放在千鶴的肩膀上。

即使沒有實際的感覺，心臟也有所感動。

我也有支持著我的人，我不是孤立無援的。

「謝謝你。」

上次桔平變成鬼魂現身時，最後千鶴也是送他這句話的。

當時還以為再也不會見面了，但這次真的是永別了。桔平死後兩度出現在她面前，但他終於要從這個世界完全消失了，千鶴可以感覺到這件事。

桔平舉起一隻手。

很會畫畫又很帥氣，最喜歡的舅舅即將消失。

語不成聲，感覺眼淚就要奪眶而出，但晚風識情趣地幫忙帶走了淚水。要是現在哭出來只會讓舅舅擔心啊，得忍耐才行。千鶴咬緊牙根，很努力地維持著兩側的嘴角上揚。

聽見玄關大門內側有扒抓的聲音。

「喵啊。」

傳來小雪不安的叫聲。如果可以，真不想讓小雪面對別離。

千鶴打開門對小雪說「沒事的」，再轉過頭看向前方，桔平已經離開了，連氣息也沒有留下。

果然如此。

不讓人察覺便逕自消失，真的很像舅舅會做的離去方式。看似冷漠，其實很溫柔。因為他很了解千鶴，知道千鶴沒辦法自己下決心。

回到家中，只見小雪坐在混凝土地上。

「嗯——」

牠很沮喪地仰頭看著千鶴喵叫。

這樣啊，小雪也知道了，知道舅舅已經消失了。見牠小小的身體努力忍受著寂寞令千鶴非常不捨，想要抱抱牠，牠卻逃跑了。

這也是，果不其然。千鶴就知道牠還是這樣，但這也令人高興。就在自己想要有所改變，身邊卻有個不變的存在，這也成了千鶴此刻最強大的倚靠。

當晚，小雪躲在家裡的某處睡覺。千鶴等到三更半夜，但牠都沒有來找千鶴撒嬌。

清晨。

當千鶴醒來時，小雪躺在她枕邊。屁股朝著自己捲成一團，不知何時過來的，還發出規律的鼾聲。

「小雪。」

一喊牠的名字，她的耳朵動了一下。

「我說小雪啊。」

但牠沒有轉頭，只是舉起尾巴，意思意思地揮了一下。牠真的是很囂張，今後我可是妳的飼主耶。千鶴邊想邊拍拍牠的背。

「喵嗯。」

小雪發出「妳幹嘛啦」的抗議聲，終於轉過頭來了。

「早安。」

跟牠道早安也被忽視。

真是的，有夠不可愛。

千鶴也同樣沮喪，既然如此，同病相憐的兩個人就要好好相處嘛，接下來要一起生活耶。小雪大概也有同樣的想法，會跑來和千鶴一起睡就是證據。

但話說回來……至少也把臉轉過來吧。

「真的、真的只剩下我們兩個了耶。」

牠用屁股面對自己，對此雖然感到些許不滿，但圓滾滾的屁股就在伸手可及之處，卻也令人開心。臉頰碰了碰帶著些許香甜氣味的皮毛，正打算舒服地睡個回籠覺——那個音樂聲響起了。

好啦好啦，起床了啦。

千鶴苦笑著，她的身體現在已經完全記住了這個起床時刻。

用力拉開窗戶，迎進新鮮空氣入內，準備開始嶄新的一天。拉開窗簾，刺眼的日光照入室內，小雪瞇起眼睛打著哈欠。

換上T恤後洗完臉，走到屋外時，看見一個陌生女子站在外面。她在重雄家前面走來走去。

「早安。」

千鶴出聲問候，她用高雅的動作回應。

呃，是認識的人嗎？這位身穿絲滑布料連身裙的初老女性，千鶴沒有印象見過面。是附近的鄰居嗎？但對方在千鶴開口說話前就離去了，看著她的背影，千鶴驚覺她的腳微微離地。

她不是來見小雪的嗎——？

千鶴可以看見她，應該是這樣沒錯，但她一句話也沒說就離開了。

此時，重雄從隔壁房子走了出來。

「早喔。」

——該不會，剛剛那個人是來見重雄的吧？肯定是這樣。雖然沒有證據，但千鶴有近乎確定的感覺。因為現在是盂蘭盆節啊，那個人靠著重雄擺放的精靈馬找到千鶴家隔壁，然後發現了小雪的聲音，接著停下腳步，所以才會站在自家門前吧。

「妳怎麼啦，一副鴿子被豆子打到的表情[13]。」

不知道內情的重雄開口說道。

13 形容人突然被嚇到，驚慌失措的樣子。

「那是什麼表情啊？」

實際上，真的有人看過那種表情嗎？

「誰知道呢。」

「我小時候還以為那是吃豆子的表情耶。」

「如果是那樣，鴿子只會更開心而已吧。」

重雄笑道。沒錯沒錯，小時候誤以為，那就是重雄現在這種表情。

「說起豆子，千鶴妹妹喜歡紅豆糯米糰子嗎？」

「喜歡，非常喜歡。」

簡單的紅豆糯米糰子吃了也不會脹胃。

「那妳晚一點來我家，我做了很多，一起吃吧。」

「好厲害喔，你自己做的嗎？」

「我有把手洗乾淨才做的啦。」

「我不是擔心這個。」

千鶴被逗得開懷大笑。

真是的，討厭啦。長相這麼兇惡卻體貼入微，真令人感激。

「那麼恭敬不如從命，我晚點上門打擾，我會帶著適合搭配糯米糰子、超級苦澀的茶過去的。」

「這樣啊，那就麻煩妳準備不會讓我表情扭曲的茶過來囉。」

重雄笑成這樣，原來他也有自己的狀況。

是的，每個人都一樣，不是只有自己才有特別的狀況。就算遇到痛苦，只要和親近的人在一起就能擁有歡笑。雖然心中的傷痛不會因此痊癒，卻能抱持希望。千鶴正逐漸學會了這件事。

國家圖書館出版品預行編目資料

借貓的眼睛看一看 / 槙碧著；林于楟譯. -- 初版. -- 臺北市：皇冠, 2025.02　面；公分. -- (皇冠叢書；第5210種)(大賞；178)

譯自：猫の目を借りたい
ISBN 978-957-33-4250-2 (平裝)

861.57　　113019409

皇冠叢書第5210種
大賞｜178

借貓的眼睛看一看

猫の目を借りたい

封面插畫◎福田希美

作　　者—槙　碧
譯　　者—林于楟
發 行 人—平　雲
出版發行—皇冠文化出版有限公司
台北市敦化北路120巷50號
電話◎02-27168888
郵撥帳號◎15261516號
皇冠出版社(香港)有限公司
香港銅鑼灣道180號百樂商業中心
19字樓1903室
電話◎2529-1778　傳真◎2527-0904
總 編 輯—許婷婷
責任編輯—蔡維鋼
行銷企劃—蕭采芹
美術設計—單　宇、李偉涵
著作完成日期—2023年
初版一刷日期—2025年02月

法律顧問—王惠光律師

讀者服務傳真專線◎02-27150507
電腦編號◎506178
ISBN◎978-957-33-4250-2
Printed in Taiwan
本書定價◎新台幣360元/港幣120元